PINOLE

P9-CKU-400

JUL 7 2004

WITHDRAWN

PUENTE
hasta
TERABITHIA

Katherine Paterson

Premio Andersen 1998

PUENTE
hasta
TERABITHIA

Ilustrado por Donna Diamond

CONTRA COSTA COUNTY LIBRARY

NOGUER Y CARALT EDITORES

3 1901 03638 3752

Título original
Bridge to Terabithia
© 1997 by Katherine Paterson
Published by arrangement with HarperCollinsChildren's Books,
a division of HarperCollins Publishers, Inc.
© 1999, Noguer y Caralt Editores, S.A.
Santa Amelia 22, Barcelona
La canción "Free to be"…"You and me" por Stephen Lawrence y Bruce Hart:
© 1972, Ms. Foundation for Women, Inc.
© Traducción: de Barbara McShane y Javier Alfaya, reproducida
con autorización Grupo Santillana, S.A. de Ediciones
© de la revisión: Noguer y Caralt Editores, S.A.

© Ilustración: Donna Diamond

Reservados todos los derechos

ISBN: 84-279-3249-9 (rústica)
ISBN: 84-279-3606-2 (tapa dura)

Segunda edición: diciembre 2000

Impreso en España - Printed in Spain
Limpergraf, S.L., Barberà del Vallès
Depósito legal: B - 48377 - 2000

Escribí este libro
para mi hijo
David Lord Paterson,
y él, después de leerlo,
me pidió que incluyera
el nombre de Lisa
y es esto lo que hago
para David Paterson
y Lisa Hill.
banzai

UNO

Jesse Oliver Aarons, Jr.

Barabúm, *barabúm bum bum bum. Barabúm, barabúm bum bum. Burum, burum, burum, buuuurum, rum, rum, rum.* Bien. Su padre había puesto en marcha el motor de la camioneta. Ahora ya se podía levantar. Jess se deslizó fuera de la cama y se puso los zahones. Ni siquiera se pondría camisa porque una vez que empezara a correr *sudaría a chorros* aunque el aire de la mañana fuera fresco, ni tampoco zapatos porque las plantas de sus pies eran tan duras como las suelas de sus desgastadas playeras.

—¿Te vas, Jess? —May Belle se incorporó soñolienta en la cama doble donde dormían Joyce Ann y ella.

—Chiss —le advirtió.

Las paredes eran delgadas. Mamá se pondría tan furiosa como una mosca atrapada en un *bote de mermelada* si la despertaban temprano.

Le dio unas palmaditas a May Belle en la cabeza y subió las arrugadas sábanas hasta su pequeña barbilla.

—Sólo hasta el prado de las vacas —susurró.

May Belle sonrió y se acurrucó bajo las sábanas.

—¿Pa correr?

—A lo mejor.

Por supuesto que iba a correr. Se levantaba temprano todos los días del verano para ir a correr. Imaginaba que si se entrenaba bien —y Dios, cómo lo hacía— podría llegar a ser el corredor más rápido de quinto cuando empezara el curso. Tenía que ser el más rápido —no uno de los más rápidos, ni el segundo más rápido sino *el* más rápido—. El mejor.

Salió de casa de puntillas. Estaba tan destartalada que chirriaba cada vez que se daba un paso, pero Jess había descubierto que si caminaba de puntillas sólo se oía un débil crujido y normalmente podía salir sin despertar a mamá, Ellie, Brenda o Joyce

Ann. Con May Belle la cosa era distinta. Iba a cumplir siete años y le adoraba, lo que a veces estaba muy bien. Cuando eres el único chico, espachurrado entre cuatro hermanas, y las dos mayores hacen como si no existieras desde que te negaste a que te vistieran y a que te pasearan en su oxidado y viejo cochecito de muñecas, y la más pequeña se echa a llorar si la miras bizqueando los ojos, es bonito que alguien te adore. Aunque en ocasiones es incómodo.

Comenzó a trotar cruzando el patio. Su aliento salía en bocanadas y hacía frío para ser el mes de agosto. Pero aún era temprano. Al mediodía, cuando su madre le mandara a trabajar, ya haría más calor.

Miss Bessie le miró soñolienta mientras trepaba por un montón de chatarra, sobre la empalizada, y se metía en el prado de las vacas. «Muuuuu», dijo, mirándole exactamente igual que otra May Belle, con sus grandes, lánguidos ojos castaños.

—Ea, *miss Bessie* —dijo suavemente—, vuélvete a dormir.

Miss Bessie se fue caminando lentamente hasta un trozo verduzco —la mayor parte del campo era pardo y seco— y tomó un bocado.

—Eso es lo que tienes que hacer. A tomar el desayuno. No te preocupes por mí.

Siempre comenzaba en el extremo noroeste del prado, agachado como los corredores que veía en «El ancho mundo del deporte».

—¡Bang! —dijo, y salió disparado a dar vueltas al prado.

Miss Bessie caminó lentamente hacia el centro, siguiéndole todavía con su lánguida mirada mientras masticaba poco a poco. No tenía aspecto de ser muy espabilada, ni siquiera para una vaca, pero lo era al menos como para apartarse del camino de Jess.

Sus cabellos de color pajizo le golpeaban la frente, y los brazos y las piernas se movían cada cual a su aire. Nunca había aprendido cómo se debe correr pero tenía piernas largas para un chico de diez años y no había otro tan resistente como él.

La escuela primaria de Lark Creek carecía de todo, especialmente de equipamiento para atletismo, así que a la hora del recreo, después de almorzar, los mayores se quedaban con las pelotas. Si algún chico de quinto empezaba el recreo con una pelota,

seguro que se la quitaba alguno de sexto o de séptimo antes de llegar a la mitad. Los chicos mayores se adueñaban siempre del centro del campo de arriba para jugar a la pelota, mientras que las chicas exigían la pequeña superficie superior para jugar a la rayuela, saltar a la comba y andar por allí parloteando. De ese modo los chicos de los cursos inferiores habían empezado con lo de correr. Se ponían en fila en la parte más alejada del campo de abajo, donde había barro o profundos surcos costrosos. Earle Watson, que no valía nada como corredor pero que chillaba muy bien, gritaba «¡Bang!» y todos corrían hasta una línea que habían trazado con los pies en el otro extremo.

Una vez, el año pasado, Jess había ganado. No sólo la primera eliminatoria sino toda la carrera. Una vez únicamente. Pero había saboreado el gustillo de la victoria. Desde primero le llamaban «ese pequeño chiflado que se pasa el día dibujando». Pero un día —fue el 22 de abril, un lunes en que lloviznaba— corrió pasándolos a todos, los agujeros de sus playeras chapoteando en el barro rojo.

Durante el resto de aquel día y hasta después del almuerzo del día siguiente había sido «el chico más rápido de tercero, cuarto y quinto», y eso estando aún en cuarto. El martes, Wayne Pettis volvió a ganar, como de costumbre. Pero este año Wayne Pettis estaría en sexto. Jugaría al rugby hasta las navidades y luego béisbol hasta junio, con los mayores. Cualquiera tendría la oportunidad de convertirse en el corredor más rápido y, por *miss Bessie*, que este año lo sería él, Jesse Oliver Aarons, Jr.

Jess flexionó los brazos con más fuerza y agachó la cabeza, apuntando hacia la distante empalizada. Era ya como si estuviera escuchando a los chicos de tercero animándole. Andarían detrás de él como si fuera una estrella de la música *country*. Y May Belle se pondría tan ancha que se le saltarían los botones. *Su hermano era el más rápido, el mejor*. Los de primero estarían hablando de eso todo el día.

Hasta su padre se sentiría orgulloso. Jess dio la vuelta a la esquina. No podía sostener la misma velocidad pero siguió corriendo durante un rato: le fortalecía. Sería May Belle la que se lo diría a papá y así él, Jess, no parecería un presumido. Tal vez papá se sentiría tan orgulloso que se olvidaría del cansancio de su largo camino de ida y vuelta a Washington y de estar excavando y cargando todo el día. Se tumbaría en el suelo para pelear con él, como hacían antes. El Viejo quedaría sorprendido de ver lo fuerte que se había puesto en los últimos años.

Su cuerpo le pedía que se detuviera, pero Jess tiró de él. Tenía que enseñar a su débil pecho quién mandaba.

—¡Jess! —era May Belle gritando desde el otro lado del montón de chatarra—. Mami dice que vuelvas y desayunes. Que ordeñes más tarde.

Maldita sea. Había corrido durante demasiado tiempo. Ahora todos sabrían que había estado fuera y le darían la lata.

—Sí, vale. —Se dio la vuelta, corriendo todavía, y se dirigió hacia el montón de chatarra.

Sin romper el ritmo subió la cerca, gateó rápidamente sobre el montón, dio un golpecito a May Belle en la cabeza («¡Aaay!») y trotó hacia la casa.

—Vaa-ya, aquí tenemos a la gran estrella olímpica —dijo Ellie, dejando sobre la mesa dos tazas con tal fuerza que se derramó el café fuerte y negro—. Sudando como una mula patizamba.

Jess apartó sus cabellos húmedos de la frente y se sentó ruidosamente en el banco de madera. Echó dos cucharadas de azúcar en la taza y sopló para que el café caliente no le quemara la boca.

—*Ooooh,* Mami, apesta. —Brenda se tapó la nariz delicadamente—. Mándale que se lave.

—Vete al fregadero y lávate —dijo su madre sin levantar los ojos de la cocina—. Y rápido. Esta sémola se está quemando en el fondo de la olla.

—¡Mami! Otra vez —gimoteó Brenda.

Dios, qué cansado se sentía. Le dolían todos los músculos del cuerpo.

—Ya has oído lo que ha dicho Mami —chilló Ellie a su espalda.

—¡No lo puedo aguantar, Mami! —dijo Brenda de nuevo—. Dile que aparte su mal olor de este banco.

Jess hizo descansar su mejilla sobre la madera desnuda de la mesa.

—¡Jess-*see*! —Su madre le estaba mirando—. Y ponte una camisa.

—Sí, señora. —Marchó arrastrando los pies hasta el fregadero. El agua que se echó en el rostro y en los brazos le quemó como si fuera hielo. Su piel caliente hormigueó al recibir las gotas frías.

May Belle estaba de pie en el umbral de la cocina, mirándole.

—Tráeme una camisa, May Belle.

Parecía como si su boca fuera a decir que no pero en lugar de eso le dijo: «No tienes por qué andar dándome golpes en la cabeza», y se fue obedientemente a buscar la camiseta. Buena chica, May Belle. Si hubiera sido Joyce Ann estaría llorando todavía por el golpecito. Las de cuatro años son inaguantables.

—Hay mucho que hacer aquí esta mañana —anunció su madre cuando terminaron la sémola y la salsa roja. Su madre procedía de Georgia y aún cocinaba como la gente de allí.

—¡Oh, *Mami*!

Ellie y Brenda gimieron a coro. Aquéllas sabían escabullirse del trabajo con más rapidez que un saltamontes se te escapa de entre los dedos.

—Mami, nos prometiste a mí y a Brenda que podríamos ir a Millsburg de tiendas para la vuelta al colegio.

—¡No tenéis que gastar ni un céntimo en cosas de colegio!

—*Mami.* Sólo vamos a mirar. —Cielos, cómo deseaba que Brenda dejara de gimotear—. ¡Jo! No quieres que pasemos bien.

—*Que lo pasemos* bien —la corrigió escrupulosamente Ellie.

—Oh, cierra el pico.

Ellie no le hizo caso.

—La señora Timmons viene a recogernos. El domingo le dije a Lollie que tú nos habías dicho que bueno. Me sentiré como una tonta si ahora tengo que llamarla para decir que has cambiado de opinión.

—Oh, muy bien. Pero no tengo ni un céntimo para daros.

Ni un céntimo, algo susurró en la cabeza de Jess.

—Ya sé, Mami. Sólo nos llevaremos los cinco dólares que Papi nos prometió. Nada más.

—¿Qué cinco dólares?

—Oh, Mami, *recuerda* —la voz de Ellie era más dulce que un caramelo derretido—. Papá nos dijo la semana pasada que las chicas íbamos a necesitar *algo* para el colegio.

—Tómalo —dijo la madre irritadamente, alcanzando su cuarteado bolso de vinilo, colocado en un estante sobre la estufa. Contó cinco billetes arrugados.

—Mami —empezó Brenda otra vez—, ¿no nos puedes dar uno más? ¿Para que cada una podamos tener tres?

—¡No!

—Mami, no se puede comprar nada con dos dólares y medio. Hasta un paquete de hojas de cuaderno ahora cuesta...

—¡No!

Ellie se levantó ruidosamente y comenzó a limpiar la mesa.

—Brenda, te toca fregar —dijo en voz alta.

—Baaaj, Ellie.

Ellie la pinchó con una cuchara. Jess se dio cuenta de aquella mirada.

Brenda acalló a duras penas un gemido que iba a salir de su boca pintada de color rosa lustroso. Aunque no era tan espabilada como Ellie, sabía cuándo no podía seguir jugando con la paciencia de su madre.

Eso significaba que Jess tendría que hacer el trabajo, como de costumbre. Mami no mandaba nunca a las pequeñas a ayudarle, aunque solía arreglárselas para que May Belle hiciera algo. Apoyó la cabeza en la mesa. La carrera de esa mañana lo había dejado agotado. Por el otro oído le llegó el sonido del viejo Buick de los Timmons («Necesita aceite», hubiera dicho su padre) y el alegre zumbido de las voces que venían de detrás de la puerta de alambre, mientras Ellie y Brenda se apretujaban entre los Timmons.

—Muy bien, Jess. No seas vago y levántate del banco. Las ubres de *miss Bessie* ya deben estar arrastrándose por el suelo.

Vago. *Él* era el vago. Dejó descansar un momento más su cabeza sobre el tablero.

—¡Jess-*see*!

—Sí, Mami. Ya *voy*.

Fue May Belle quien bajó hasta el campo de las judías para decirle que había gente instalándose en la antigua casa de los Perkins, en la granja de al lado. Jess se separó el pelo de los ojos y miró. Era cierto. Había un camión de mudanzas frente a la puerta. Era uno de esos grandes y articulados. Aquella gente tenía un montón de cachivaches. Pero no aguantaría mucho tiempo. La de los Perkins era una de esas viejas y cochambrosas casas de campo donde te instalas porque no tienes un sitio decente adonde ir y de donde te largas tan pronto como puedes. Más tarde pensó lo extraño que fue que a aquello, que probablemente fuera el acontecimiento más importante de su vida, no le hubiera dado la menor importancia.

Las moscas zumbaban en torno a su rostro y sus hombros sudorosos. Dejó caer las judías en el cubo e intentó quitarse las moscas de encima.

—Tráeme la camiseta, May Belle. —Las moscas eran más importantes que cualquier camión de mudanzas.

May Belle trotó hasta el final de la fila y recogió la camiseta de donde la había dejado. Volvió trayéndola, con el brazo muy estirado.

—*Uf*, qué mal huele —exactamente igual que hubiera hecho Brenda.

—Cierra el pico —masculló, y le arrebató la camiseta con brusquedad.

DOS

Leslie Burke

A las siete, Ellie y Brenda todavía no habían vuelto. Jess terminó la recogida y ayudó a su madre a enlatar las judías. No enlataba más que cuando hacía un calor sofocante y la cocción convirtió la cocina en un infierno. Por supuesto que estaba de un humor terrible y le estuvo dando gritos a Jess toda la tarde y ahora se sentía demasiado cansada para hacer la cena.

Jess preparó unos bocadillos de manteca de cacahuete para él y las pequeñas y como la cocina seguía estando caliente y el olor a judías era casi nauseabundo, los tres salieron afuera para comer.

El camión de las mudanzas seguía en lo de los Perkins. No se veía a nadie por allí; seguramente habían terminado la mudanza.

—Espero que haya una niña de seis o siete años —dijo May Belle—. Necesito alguien con quien jugar.

—Tienes a Joyce Ann.

—Odio a Joyce Ann. No es más que un bebé.

Joyce Ann empezó a hacer pucheros. Los dos vieron cómo temblaban sus labios. Luego su rechoncho cuerpecito se estremeció y empezó a chillar.

—¿Quién está haciendo rabiar al bebé? —gritó la madre a través de la puerta de alambre. Jess suspiró y metió lo que le quedaba de su bocadillo en la boca abierta de Joyce Ann. Los ojos de ésta se abrieron como platos y sus mandíbulas se cerraron sobre el inesperado regalo. A lo mejor ahora se quedaba tranquila.

Jess cerró suavemente tras de sí la puerta de alambre y pasó sin hacer ruido junto a su madre, que se mecía en la silla de la cocina mirando la tele. En la habitación que compartía con las pequeñas rebuscó bajo el colchón y sacó un cuaderno de dibujo y unos lápices. Después se echó boca abajo en la cama y se puso a dibujar.

Jess dibujaba como otros beben whisky. La paz se hacía en su

confuso cerebro y pasaba a través de su cuerpo tenso y cansado. Cielos, cómo le gustaba dibujar. Sobre todo animales. No animales corrientes como *miss Bessie*, o gallinas, sino animales chiflados, con problemas; por alguna secreta razón le gustaba meter a sus bestezuelas en apuros imposibles. Ahora se trataba de un hipopótamo que caía dando vueltas —representadas por una serie de líneas curvas— por un acantilado hacia el mar, donde saltaban unos sorprendidos peces de grandes ojos. Un globo pendía sobre el hipopótamo —donde debía estar su cabeza pero estaba su trasero—. «¡Oh!», se dijo, «me parece que he olvidado las gafas.»

Jesse comenzó a sonreír. Si se decidía a enseñárselo a May Belle tendría que explicarle el chiste, pero una vez hecho, se reiría como una loca.

Le hubiera gustado enseñar los dibujos a sus padres, pero no se atrevía. Una vez, cuando estaba en primero, le dijo a su padre que de mayor quería ser artista. Pensó que le gustaría. Pero no fue así. «¿Qué le estarán enseñando en esa maldita escuela?», preguntó. «Una pandilla de viejas convirtiendo a mi hijo en un...» Se detuvo antes de pronunciar la palabra, pero Jess entendió el mensaje. No lo había olvidado, ni siquiera después de cinco años.

Lo malo es que a ninguno de sus profesores normales le gustaban sus dibujos. Cuando le pillaban haciendo garabatos siempre ponían el grito en el cielo hablando de desperdicio, desperdicio de tiempo, de papel, de talento. Salvo la señorita Edmunds, la profesora de música. A ella era a la única a la que le agradaba enseñarle sus dibujos; llevaba un año en el colegio y venía sólo los viernes.

La señorita Edmunds era uno de sus secretos. Estaba enamorado de ella. No una de esas bobadas que provocaban las risitas de Ellie y Brenda hablando por teléfono. Era demasiado real y demasiado profundo para hablar de ello, ni siquiera para pensarlo mucho. Tenía una larga melena negra y unos ojos azules, azules. Tocaba la guitarra como una de esas estrellas que graban discos y tenía una voz tan suave que hacía que Jess se derritiera por dentro. Cielos, era maravillosa. Y a ella él le gustaba también.

Un día del pasado invierno le había regalado uno de sus dibujos. Se lo puso en la mano al terminar la clase y salió corriendo.

Al viernes siguiente ella le pidió que se quedara un minuto después de la clase. Le dijo que tenía «un talento fuera de lo corriente» y que esperaba que nunca se desanimara sino que «siguiera adelante». Eso quería decir, según Jess, que era el mejor. Pero no la clase de mejor que contaba en el colegio o en casa sino auténtico, de verdad. Guardó lo que sabía dentro de sí como si fuera un tesoro de piratas. Era rico, muy rico, pero nadie debería saberlo excepto su compinche, Julia Edmunds.

«Parece una de esas tipo hippie», comentó su madre cuando se la describió Brenda, que el año pasado estaba en séptimo.

A lo mejor era cierto. Jess no lo negaba porque la consideraba una hermosa criatura salvaje, atrapada momentáneamente en aquella vieja y sucia jaula que era el colegio, quizá por equivocación. Pero esperaba, rezaba para que nunca saliera y escapara volando. Podía aguantar toda la aburrida semana de clases gracias a aquella media hora de los viernes por la tarde, cuando se sentaban en la deshilachada alfombra de la sala de profesores (no había ningún otro sitio en todo el edificio donde la señorita Edmunds pudiera colocar todas sus cosas) a cantar canciones como «Mi hermoso globo», «Esta tierra es tu tierra», «Libres para ser tú y yo», «Soplando en el viento» y como el señor Turner, el director, se empeñaba, «Dios bendiga a América».

La señorita Edmunds tocaba la guitarra y dejaba que los niños tocaran el arpa, los triángulos, los címbalos, la pandereta y el bongo. ¡Vaya ruido que metían! Todos los profesores odiaban los viernes. Y muchos niños también fingían odiarlos.

Pero Jess sabía que eran unos mentirosos. Al oler que era «hippie» y «pacifista» aunque ya había terminado la guerra de Vietnam y ya no era malo que gustara la paz, los niños se burlaban de los labios sin pintar de la señorita Edmunds y del estilo de sus vaqueros.

Por supuesto, era la única profesora que habían visto en la Escuela Elemental de Lark Creek llevando pantalones. En Washington y sus barrios elegantes, hasta en Millsburg, aquello estaría bien, pero Lark Creek era de lo más atrasado para el asunto de las modas. Les costaba mucho tiempo aceptar lo que la tele les mostraba que se llevaba en otras partes.

Así que los estudiantes de la Escuela Elemental de Lark Creek se pasaban el viernes sentados frente a sus pupitres, sus corazones latiendo de ansiedad mientras escuchaban el alegre pandemonio que salía de la sala de profesores hasta que llegaba la hora que les daba la señorita Edmunds, hechizados por su salvaje belleza y contagiados de su entusiasmo, y después salían de allí como si a ellos ninguna hippie de vaqueros bien ajustados, con los ojos muy pintados pero la boca al natural, pudiera embobarles.

Jess prefería callarse. Defender a la señorita Edmunds contra sus ataques injustos e hipócritas no iba a arreglar las cosas. Además, ella estaba por encima de un comportamiento tan estúpido. No le hacía mella. Pero siempre que le era posible aprovechaba unos cuantos minutos los viernes para estar junto a ella y escuchar su voz, suave y lisa como la seda, diciéndole que era un «chico estupendo».

Somos parecidos, se decía Jess para sus adentros, yo y la señorita Edmunds. Julia la hermosa. Las sílabas vibraban en su cabeza como las cuerdas de la guitarra. No tenemos nada que ver con Lark Creek, Julia y yo. «Eres el típico diamante en bruto», le había dicho tocándole la nariz ligeramente con su dedo electrizante. Pero era ella el diamante que resplandecía en medio de este lugarejo lleno de barro, yermo, de sucios ladrillos.

—¡Jess-*see*!

Jess metió el cuaderno y los lápices debajo del colchón y se tumbó estirado, el corazón latiendo contra el edredón.

Su madre se asomó a la puerta.

—¿Has terminado de ordeñar?

Saltó de la cama.

—Voy ahora mismo.

Salió esquivándola, tomando el cubo de al lado de la pila y la banqueta que había junto a la puerta, antes de que tuviera tiempo de preguntarle qué hacía.

Se veían luces en las tres plantas de la vieja casa de los Perkins. Estaba casi oscuro. Las ubres de *miss Bessie* estaban henchidas y se removía inquieta. Tenía que haberla ordeñado un par de horas antes. Se acomodó en la banqueta y comenzó a apretar; la cálida leche zumbaba al caer en el cubo. Abajo, por la carretera, de vez en cuando pasaba un camión con las luces encendidas. Pronto su padre estaría de vuelta en casa y también las listillas de las niñas, que se las arreglaban para pasarlo bien y dejarles a él y a su madre todo el trabajo. Se preguntó qué se habrían comprado con aquel dinero. Daría cualquier cosa por un cuaderno nuevo con verdadero papel como el que usaban los artistas y un juego de rotuladores: el color de los cuales se extendía en un momento por la página. Lo contrario de aquellas ceras de colegio, sin punta, que tenías que apretar con toda tu fuerza hasta que alguien se quejaba de que las estabas destrozando.

Un coche giró para entrar. Era el de los Timmons. Las chicas habían llegado antes que papá. Jess escuchó sus alegres voces cuando las puertas del automóvil se cerraron con estrépito. Mamá les haría la cena y cuando entrara con la leche se las encontraría a todas riendo y charlando. Hasta mamá se olvidaría de que estaba cansada y enfadada. Sólo él tenía que aguantar aquello. A veces se sentía muy solo entre tantas mujeres; hasta el único gallo que tenían había muerto y aún no habían comprado otro. Su padre estaba fuera desde el amanecer hasta muy pasado el atardecer, ¿quien se preocupaba de cómo se sentía? Los fines de semana no era mejor. Su padre quedaba tan agotado del desgaste de su trabajo diario y de intentar poner al día las cosas necesarias para la conservación de la casa que cuando no estaba metido en alguna tarea, se dormía ante la tele.

—Oye, Jess. —May Belle. La muy tonta ni siquiera te dejaba pensar a solas.

—¿Qué quieres ahora?

Vio cómo se encogía.

—Tengo que decirte algo. —Bajó la cabeza.

—Debías estar en la cama —dijo irritado consigo mismo por haberla asustado.

—Ellie y Brenda llegan a casa.

—Llegaron, llegaron a casa.

¿Por qué no podía dejarlo en paz? Pero las noticias que traía eran demasiado sabrosas como para no compartirlas con él.

—Ellie se ha comprado una blusa transparente, ¡y a mamá casi le ha dado un ataque!

«Muy bien», pensó.

—Eso no es como para que te alegres —dijo.

Paraví, paraví, paraví.

—¡Papá! —May Belle chilló alegremente y corrió hacia la carretera.

Jess vio cómo su padre detenía la camioneta y se inclinaba a abrir la puerta para que May Belle pudiera subir. Se volvió. Chiquita con suerte. Ella podía correr tras él y cogerle y besarle. Jess sentía un dolor por dentro cuando veía a su padre subir a las pequeñas en sus hombros o se agachaba para darles un abrazo. Le parecía que creían que era demasiado grande para esas cosas desde que nació.

Cuando el cubo estuvo lleno le dio una palmadita a *miss Bessie* para que se alejara. Puso la banqueta bajo su brazo izquierdo, llevando con cuidado el pesado cubo para que la leche no se derramara.

—Has terminado muy tarde de ordeñar, ¿no hijo? —fue lo único que su padre le dijo directamente en toda la noche.

A la mañana siguiente casi no se levantó al oír la camioneta. Antes incluso de despertarse del todo ya se dio cuenta de lo cansado que estaba. Pero May Belle le sonreía, apoyándose en un codo.

—¿No vas a correr? —le preguntó.

—No —dijo, apartando las sábanas—. Voy a volar.

Ya que estaba más cansado de lo normal, más tenía que esforzarse. Hizo como si Wayne Pettis estuviera allí, justamente delante de él, y no podía ceder ni un ápice. Sus pies golpeaban con fuerza el suelo irregular y sacudía los brazos enérgicamente. Le alcanzaría. «Cuidado, Wayne Pettis», dijo entre dientes. «Te voy a pillar. No podrás ganarme.»

—Si tienes tanto miedo de la vaca —dijo una voz—, ¿por qué no saltas la valla?

Se detuvo cuando ya estaba en el aire, como en una toma televisiva a cámara lenta, y se volvió, casi perdiendo el equilibrio,

22

para mirar a su interrogador, que estaba sentado en la valla más próxima a la casa de los Perkins, con las piernas morenas y desnudas colgando. Quienquiera que fuese tenía el cabello castaño, muy corto, con puntas aquí y allá, y llevaba puesta una especie de camiseta azul con unos vaqueros desteñidos cortados por encima de las rodillas. Realmente, no se podía saber si era un chico o una chica.

—Hola —dijo él o ella, señalando con la cabeza la vieja casa de los Perkins—. Acabamos de instalarnos.

Jess se quedó quieto donde estaba, mirando fijamente.

Él o ella se deslizó para bajar de la valla y caminó hacia él.

—Creo que estaría bien que nos hiciéramos amigos —dijo—. No hay nadie más por aquí cerca.

Era una chica, decidió. Sin duda era una chica, pero no podría saber explicar por qué se sintió tan seguro de repente. Era más o menos de su misma estatura, aunque cuando la tuvo más cerca descubrió con satisfacción que no era tan alta.

—Me llamo Leslie Burke.

Para colmo tenía uno de esos estúpidos nombres que valen tanto para chicos como para chicas.

—¿Ocurre algo?

—¿Qué?

—Que si ocurre algo.

—Sí. No. —Señaló con el pulgar hacia su casa y luego se apartó el cabello de la frente—. Jess Aarons. (Qué lástima que la niña de May Belle no fuera del tamaño adecuado). Bueno, bueno. —Hizo un movimiento con la cabeza—. Hasta luego. —Volvió hacia casa. Ya no podía correr más esa mañana. Mejor sería que ordeñara a *miss Bessie* para quitarse aquello de encima.

—¡Oye! —Leslie estaba en pie, en mitad del campo de las vacas, la cabeza inclinada y las manos en las caderas—. ¿A dónde vas?

—Tengo trabajo —le gritó por encima del hombro. Cuando volvió más tarde con el cubo y la banqueta, la chica había desaparecido.

TRES

La chica más rápida de quinto

Jess no volvió a ver a Leslie Burke salvo desde lejos hasta el primer día de curso, el martes siguiente, cuando el señor Turner la trajo a la clase de quinto de la señora Myers en la Escuela Elemental de Lark Creek.

Iba vestida del mismo modo, con los desteñidos vaqueros cortados y la camiseta azul. La clase soltó un grito de sorpresa que sonó como el vapor que se escapa cuando se abre un radiador. Los otros estaban allí impecablemente vestidos con sus ropas domingueras. Hasta Jess tenía puestos sus únicos pantalones de pana y una camisa planchada.

Aquella reacción no pareció molestarla. Se quedó allí delante de todos, diciendo con los ojos: «Bueno, aquí estoy yo» en respuesta a las atónitas miradas, mientras la señora Myers correteaba por el aula buscando un sitio para un pupitre más. El aula era pequeña, estaba en un semisótano y sus cinco filas de seis pupitres cada una la llenaban por completo.

—Treinta y uno —mascullaba una y otra vez la señora Myers por encima de su doble papada—. Treinta y uno. Ninguno tiene más de veintinueve. —Por fin decidió colocar el pupitre contra la pared lateral, cerca de la puerta de delante—. Sólo por el momento, eh Leslie. Es lo mejor que podemos hacer por ahora. Ya somos demasiados en esta aula. —Lanzó una significativa mirada al señor Turner, que salía en ese momento.

Leslie esperó en silencio hasta que el chico de séptimo que había sido enviado a traer el nuevo pupitre lo hubiera colocado con fuerza contra el radiador y debajo de la primera ventana. Después se dio la vuelta para seguir mirando a los chicos de la clase.

De repente, treinta pares de ojos se concentraron en las raspaduras de las tapas de los pupitres. Jess resiguió con el índice el corazón grabado con su par de siglas dentro, BR SK, intentando

averiguar de quién había heredado el pupitre. Probablemente de Sally Koch. A las chicas les gustaban más esas tonterías de corazones que a los chicos. Además, BR debía de ser Billy Rudd, y se sabía que Billy miraba con ojos tiernos a Myrna Hauser la pasada primavera. También cabía la posibilidad de que esas siglas llevaran más tiempo allí, y en ese caso...

—Jesse Aarons, Bobby Greggs. Distribuid los libros de matemáticas, por favor —al pronunciar esas palabras, la señora Myers les obsequió con su famosa sonrisa del primer día de curso. Los de los últimos cursos decían que nadie había visto sonreír a la señora Myers salvo el primero y el último día de curso.

Jess se levantó y fue hacia delante. Cuando pasó al lado del pupitre de Leslie ésta le sonrió y movió sus dedos en una especie de saludo. Le contestó con un movimiento de la cabeza. Sentía cierta lástima por ella. Debe de ser muy embarazoso estar sentada a la vista de todos con un vestido tan raro en el primer día de curso. Y para colmo no conocer a nadie.

Fue dejando caer un libro en cada pupitre, como le había mandado la señora Myers. Gary Fulcher le agarró del brazo al pasar.

—¿Vas a correr hoy?

Jess contestó afirmativamente con la cabeza. Gary le dirigió una presuntuosa sonrisa. «Cree que me puede, el muy estúpido». Al pensarlo, algo dio un brinco en su interior. Fulcher podía creer que iba a ser el mejor porque ahora Peters estaba en sexto, pero él, Jess, pensaba dar al viejo Fulcher una *pequeñíssssssima* sorpresa al mediodía. Era como si se hubiera tragado un saltamontes. Se sentía impaciente.

La señora Myers entregaba los libros como si fuera la presidenta de los Estados Unidos, prolongando el procedimiento de la distribución con firmas y ceremonias sin sentido. A Jess se le ocurrió que quería retrasar el comienzo de las clases normales todo el tiempo que le fuera posible. Cuando terminó de distribuir los libros, Jess sacó a hurtadillas una hoja de cuaderno y se puso a dibujar. Le atraía la idea de hacer un libro entero con dibujos. Debía elegir un protagonista y hacer un cuento con él. Garabateó la figura de varios animales e intentó pensar en un título. Un buen título sería la mejor manera de empezar. *¿El hipo hechizado?* Sonaba bien. *¿Herby, el hipo hechizado?* Todavía mejor. *El caso del cocodrilo delincuente.* No estaba mal.

—¿Qué pintas? —Gary Fulcher se inclinaba sobre su pupitre.

Jess tapó la hoja con los brazos.

—Nada.

—Oh, venga. Déjame ver.

Jess movió negativamente la cabeza.

Gary intentó levantar la mano de Jess de la hoja.

—*El caso del cocodrilo delincuente.* Trae acá, Jess —susurró Gary roncamente—. No lo voy a estropear. —Tiraba del pulgar de Jess.

Jess cubrió la hoja con los brazos y hundió el talón de su playera en la punta del pie de Gary Fulcher.

—*¡Ayyy!*

—¡Chicos! —El rostro de la señora Myers había perdido su encantadora sonrisa.

—Me ha pisado.

—Siéntate, Gary.

—Pero él...

—¡Siéntate! Jesse Aarons, si se te ocurre abrir la boca una vez más te pasarás el recreo aquí dentro copiando el diccionario.

La cara de Jess le ardía. Deslizó la hoja debajo de la tapa del pupitre e inclinó la cabeza. Un año entero de cosas por el estilo. Ocho años más así. No sabía si podría resistirlo.

Los niños tomaban el almuerzo sentados en sus pupitres. El condado llevaba veinte años prometiendo instalar un comedor en Lark Creek, pero daba la impresión de que nunca había dinero suficiente. Jess se anduvo con tanto cuidado para que no le quitaran el recreo que hasta masticó su bocadillo de salchichón con los labios apretados y los ojos fijos en el corazón con las iniciales. A su alrededor, los chicos cuchicheaban. No se debía hablar durante el almuerzo, pero era el primer día y hasta la Myers Boca de Monstruo echaba menos llamas el primer día.

—Ella come leche agria. —Dos asientos por delante de él es-

28

taba Mary Lou Peoples, que intentaba ser la segunda chica más presumida de la clase.

—Es yogur, estúpida. ¿No ves nunca la tele? —dijo Wanda Kay Moore, la más presumida, que se sentaba justamente delante de Jess.

—Qué porquería.

Cielos, ¿por qué no podían dejar en paz a la gente? ¿Y por qué demonios no podía comer Leslie Burke lo que le diera la gana?

Se olvidó de sus buenos propósitos de no hacer ruido al comer y comenzó a sorber la leche.

Wanda Moore se volvió, poniendo cara de melindrosa.

—Jesse Aarons. Haces un ruido repugnante.

La miró con cara de pocos amigos y volvió a hacer ruido.

—Eres repulsivo.

Rrrrrring. El timbre del recreo. Dando alaridos, los chicos se empujaban unos a otros tratando de colocarse en primera posición delante de la puerta.

—Todos los niños volverán a sentarse en sus pupitres.

—Oh, Dios.

—Que las niñas se pongan en fila para salir al recreo. Las niñas primero.

Los chicos se removían en sus asientos como mariposas para salir de sus capullos. ¿No les dejarían salir nunca?

—Está bien, ahora vosotros... —No le dieron tiempo para que cambiara de opinión. Ya estaban en la mitad del campo antes de que pudiera terminar la frase.

Los dos primeros comenzaron a marcar la tierra con sus zapatos para dibujar la meta. Las pasadas lluvias habían formado surcos que, con la sequía del final del verano, se habían endurecido, así que las playeras no hacían mella en la tierra y tuvieron que trazar la meta con un palo.

Los chicos de quinto, pavoneándose por su nueva posición, mandaban a los de cuarto a hacer esto o aquello, mientras los chicos más pequeños intentaban mezclarse sin que se les notara mucho.

—Oye, tíos, ¿cuántos vais a correr? —preguntó Gary Fulcher.

—Yo, yo, yo —gritaron todos.

—Sois demasiados. Fuera los de primero, los de segundo y también los de tercero, excepto quizá los primos Butcher y Timmy Vaugn. Los demás sólo vais a molestar.

Hubo caras largas, pero los pequeños se alejaron obedientes.

—Bien. Quedan veintiséis, veintisiete... Estaos quietos... Veintiocho. Son veintiocho, ¿no es cierto, Gregg? —preguntó Gary Fulcher a su sombra, Gregg Williams.

—Exacto, veintiocho.

—Vale. Ahora, primero las pruebas eliminatorias, como siempre. Divídelos en grupos de a cuatro. Después correrá el primer grupo, luego el segundo.

—Ya sabemos, ya sabemos.

Todos estaban impacientes con Gary, que se esforzaba como loco por ser el Wayne Pettis de quinto.

Estaba deseando correr, pero no le molestó en absoluto poder comprobar si los otros habían progresado desde la primavera pasada. Fulcher, por supuesto, estaba en el primer grupo, ya que lo había organizado todo. Jess sonrió a espaldas de Fulcher y metió las manos en los bolsillos de sus pantalones de pana, deslizando el índice por un agujero.

Gary ganó con facilidad la primera carrera y todavía le quedó tiempo suficiente para mangonear la organización de la segunda. Algunos de los pequeños se alejaron para ir a jugar al Rey de la Montaña en la cuesta que había entre el campo de abajo y el de arriba. De reojo vio que alguien bajaba desde el campo de arriba. Le dio la espalda y fingió concentrarse en las estridentes órdenes de Fulcher.

—Hola —Leslie Burke estaba a su lado.

Se alejó un poco.

—Hummm.

—¿No vas a correr?

—Más tarde. —Quizá si no la miraba volvería al campo de arriba, que era donde debía estar.

Gary dijo a Earle Watson que diera la señal para empezar. Jess les miró. No había nadie muy rápido en aquel grupo. Clavó la vista en los faldones de las camisas y las espaldas inclinadas.

En la meta comenzó una discusión entre Jimmy Mitchell y

Clyde Deal. Todos fueron corriendo para ver. Jess sabía que Leslie Burke estaba a su lado, pero procuraba no mirar en su dirección.

—Clyde —Gary Fulcher declaró—: Fue Clyde.

—Fue un empate, Fulcher —protestó un chico de cuarto—. Yo estaba allí.

Jimmy Mitchell no quería ceder.

—He ganado, Fulcher. No lo podías ver desde donde estabas.

—Fue Deal. —Gary ignoró las protestas—. Estamos perdiendo el tiempo. Tercer grupo. En fila. Ahora mismo.

Jimmy cerró los puños.

—No es justo, Fulcher.

Gary le dio la espalda y fue hacia la línea de partida.

—Déjales que corran los dos en las finales. ¿Qué más da? —dijo Jess en voz alta.

Gary se detuvo y se volvió para mirarle cara a cara. Fulcher lanzó una mirada feroz a Jess y luego a Leslie Burke.

—También —dijo con su empalagosa voz, llena de sarcasmo—, también querrás dejar correr a alguna chica.

La cara de Jess ardía.

—Claro —dijo audazmente—. ¿Por qué no? —Se volvió con lenta deliberación hacia Leslie—. ¿Quieres correr? —preguntó.

—Claro. —Ella sonrió—. ¿Por qué no?

—¿No tienes miedo de dejar correr a una chica, Fulcher?

Por un momento creyó que Fulcher iba a pegarle y se puso tenso. No podía dejar que Fulcher pensara que tenía miedo por un puñetazo en la boca. Pero en vez de eso, Gary comenzó a trotar y a dar órdenes al grupo tercero para que se alinearan.

—Puedes correr en el grupo cuarto, Leslie —lo dijo con voz lo bastante alta como para que Fulcher lo oyera y después puso su atención en los corredores. «Ves», se dijo a sí mismo, «puedes enfrentarte con un rastrero como Fulcher. Con toda facilidad.»

Bobby Miller venció en su grupo sin problemas. Era el mejor de cuarto curso, casi tan rápido como Fulcher. «Pero no tan bueno como yo», pensó Jess. Empezaba a animarse. Ningún compañero de su grupo iba a poder con él. De todos modos, sería mejor correr bien para dar a Fulcher un buen susto.

Leslie se puso a su derecha. Él se retiró un poco hacia la izquierda pero ella no pareció darse cuenta.

Al oír la señal, Jess salió disparado como una bala. Se sentía bien, hasta le gustaba el roce de la tosca tierra contra las desgastadas suelas de sus playeras. Respiraba bien. Casi podía oler la sorpresa de Gary Fulcher ante su mejora. Los espectadores metían más ruido esta vez que durante las otras carreras. Quizás era que prestaban más atención. Quiso mirar hacia atrás y ver dónde estaban los otros, pero resistió a la tentación. Podía resultar presuntuoso que mirara atrás.

Clavó su vista en la meta. Cada vez se aproximaba más. «Oh, *miss Bessie*, si pudieras verme ahora.»

Intuyó algo antes de poder verlo. Alguien se le estaba acercando. Automáticamente respiró con más fuerza. Entonces una forma entró oblicuamente en su campo de visión. De repente dio un tirón hacia delante. Reunió todas sus energías. Se atragantaba y tenía los ojos llenos de sudor. A pesar de todo seguía viendo la figura. Los desteñidos vaqueros cortados pasaron la meta tres pies por delante de él.

Leslie se volvió para mirarle con una gran sonrisa en su rostro tostado por el sol. Resbaló y sin decir una palabra fue medio caminando, medio trotando, hasta la línea de salida. Era el día en que iba a convertirse en campeón —el mejor corredor de cuarto y quinto— y ni siquiera había salido vencedor de su grupo. No hubo aclamaciones en el extremo del campo. Los otros chicos parecían tan pasmados como él. Le tomarían el pelo más tarde pero al menos por el momento nadie hablaba.

—Muy bien. —Fulcher volvió a tomar el mando. Trataba de demostrar que era quien mandaba—. Vale, tíos. Podéis alinearos para las finales. —Se fue andando hacia Leslie—. Bueno. Ya te has divertido. Puedes volver a tu campo a jugar a la rayuela.

—Pero si gané la carrera —protestó ella.

Gary bajó la cabeza como un toro.

—A las chicas no se les permite jugar en el campo de abajo. Sería mejor que volvieras a tu campo antes de que te vea alguna maestra.

—Quiero correr —dijo Leslie tranquilamente.

—Ya lo has hecho.

—¿Qué pasa, Fulcher?

La ira de Jess le salía por los poros. No parecía poder pararla.

—¿Tienes miedo de correr con ella?

Fulcher levantó su puño, pero Jess se alejó andando. Sabía que a Fulcher no le quedaba más remedio que dejarla correr. Y la dejó, de muy mala gana.

Le ganó. Llegó la primera y se volvió para mirar con sus ojos resplandecientes a un montón de rostros reticentes, empapados de sudor. Sonó el timbre. Jess comenzó a cruzar el campo de abajo, con las manos todavía metidas en las profundidades de sus bolsillos. Leslie le alcanzó. Se sacó las manos de los bolsillos y comenzó a subir trotando la cuesta. Bastantes problemas le había traído. Ella aceleró el paso y no le permitió que se escabullera.

—Gracias —le dijo.

«¿Sí? ¿Por qué?», pensó.

—Eres el único tipo de toda esta maldita escuela que vale la pena.

No estaba seguro pero le pareció que a ella le temblaba la voz, pero no iba a empezar a sentir lástima otra vez.

—Mejor que lo creas así —dijo él.

Aquella tarde en el autobús hizo algo de lo que no se hubiera creído capaz antes. Se sentó junto a May Belle. Era la única manera de impedir que Leslie se sentara con él. Cielos, aquella chica no tenía ni la más mínima idea de lo que se podía y no se podía hacer. Se puso a mirar fijamente por la ventanilla pero sabía que había llegado y estaba sentada al otro lado del pasillo.

Le oyó decir «Jess» una vez, pero había suficiente ruido en el autobús como para simular que no había oído nada. Cuando llegaron a la parada tomó a May Belle de la mano y la bajó a rastras, sabiendo que Leslie estaba detrás de ellos. Pero ella no intentó volver a hablarle ni tampoco les siguió. Se marchó corriendo a la vieja casa de los Perkins. La siguió con la vista. Corría como si para ella fuera algo natural. Recordó el vuelo de los patos salvajes en el otoño. Igual de fluido y uniforme. Le vino a la cabeza la palabra «hermosa» pero la rechazó y apresuró el paso hacia casa.

CUATRO

Soberanos de Terabithia

C omo el curso había comenzado el primer martes después de la Fiesta del Trabajo, la semana fue corta. Y menos mal, porque cada día era peor que el anterior. Leslie seguía juntándose con los chicos a la hora del recreo y les ganaba. Al llegar el viernes, muchos de los de cuarto y quinto habían abandonado y se fueron a jugar al Rey de la Montaña en la cuesta entre los dos campos. Como sólo quedaban unos cuantos ni siquiera eran necesarias las carreras eliminatorias y casi toda la emoción desapareció. Correr ya no era divertido. Y toda la culpa la tenía Leslie.

Jess sabía que nunca sería el mejor corredor de cuarto y quinto y su único consuelo era que tampoco lo sería Gary Fulcher. Participaron desganadamente en las carreras del viernes, pero al terminar, cuando Leslie hubo ganado una vez más, todos, sin decírselo, comprendieron que aquello se había acabado.

Por lo menos era viernes y la señorita Edmunds había vuelto. A quinto le tocó música nada más terminar el recreo. Jess vio a la señorita Edmunds en el pasillo y ella le detuvo interesándose por lo que había hecho.

—¿Has dibujado este verano?

—Sí, señorita.

—¿Me dejarás ver tus dibujos o son algo muy personal?

Jess apartó los cabellos de su frente enrojecida.

—Se los mostraré.

En su rostro apareció una hermosa sonrisa que resaltó su preciosa dentadura, y sacudió sobre los hombros su resplandeciente cabellera negra.

—Estupendo. Hasta pronto.

Hizo un movimiento con la cabeza y respondió a su sonrisa. Un cálido estremecimiento le recorrió de los pies a la cabeza.

Después, sentado en la alfombra de la sala de profesores, la misma agradable sensación se apoderó de él al escuchar su voz. Hasta el timbre de su voz, cuando simplemente hablaba, le parecía rico y melodioso.

La señorita Edmunds afinó un momento la guitarra, hablando mientras tensaba las cuerdas; se escuchaba el retintín de sus pulseras y el sonido de los acordes. Llevaba sus habituales vaqueros y estaba sentada con las piernas cruzadas, como si ésa fuera la postura normal de los profesores.

Preguntó a unos cuantos cómo estaban y cómo habían pasado el verano. Contestaron mascullando de modo ininteligible. No le habló a Jess pero le dirigió una mirada con sus ojos azules que le hizo vibrar como una cuerda de guitarra.

Se fijó en Leslie y pidió que se la presentaran, cosa que hizo una de las chicas con mucho remilgo. Luego sonrió a Leslie y ésta le devolvió la sonrisa: fue la primera vez que Jess la vio sonreír, después de su triunfo en la carrera del martes pasado.

—¿Qué te gusta cantar, Leslie?

—Oh, cualquier cosa.

La señorita Edmunds rasgueó unos acordes y comenzó a cantar más bajo de lo que requería aquella canción en concreto:

> *Veo una tierra radiante y clara*
> *y el tiempo se acerca*
> *en que viviremos en esa tierra*
> *tú y yo, de las manos...*

Los chicos empezaron a unirse a la canción, tranquilamente al principio imitando su tono, pero al terminar, cuando tomó más fuerza, sus voces lo hicieron también, así que cuando llegaron al final «Libres para ser tú y yo» les oyó toda la escuela. Lleno de entusiasmo, Jess se volvió y sus ojos se encontraron con los de Leslie. Le sonrió. ¿Por qué no? No había ninguna razón para no hacerlo. ¿De qué tenía miedo? Dios, a veces se comportaba como un perfecto estúpido. Inclinó la cabeza y le sonrió otra vez y ella le devolvió la sonrisa. Allí, en la sala de profesores, tuvo la sensación de que había comenzado una nueva etapa de su vida y que quería que fuera así.

No era preciso que le dijera a Leslie que había cambiado su opinión sobre ella. Ya lo sabía. Ella se dejó caer en el asiento, al lado del suyo en el autobús y se apretujó contra él para hacerle sitio a May Belle. Ella le habló de Arlington, del gigantesco colegio en un barrio residencial donde había estudiado y de su magnífica sala de música pero también de que allí no había ninguna profesora tan guapa ni tan simpática como la señorita Edmunds.

—¿Había gimnasio?

—Sí. Creí que todos los colegios lo tenían. O por lo menos casi todos.

Suspiró.

—Cómo lo echo de menos. Soy bastante buena gimnasta.

—Me figuro que odias esto.

—¡Síí!

Se quedó en silencio un momento, pensando, supuso Jess, en su antiguo colegio, que él imaginaba luminoso y nuevo, con un fulgurante gimnasio, mayor que el de la escuela secundaria consolidada.

—Me supongo que tenías un montón de amigos allí también.

—Sí.

—¿Por qué viniste aquí?

—Mis padres están reconsiderando sus sistemas de valores.

—¿Qué dices?

—Decidieron que estaban demasiado atrapados por el dinero y por el éxito y por eso compraron esa vieja granja y van a empezar a cultivar y a pensar en cosas importantes.

Jess la miró boquiabierto. Se dio cuenta, pero era incapaz de contenerse. Era la cosa más ridícula que había oído en su vida.

—Pero eres tú quien lo sufre.

—Ya lo sé.

—¿Por qué no piensan en ti?

—Lo hablamos —explicó con paciencia—. Yo también quise venir. —Sus ojos resbalaron sobre él para mirar a través de la ventanilla—. Antes de que ocurra nunca sabes cómo va a ser una cosa realmente.

El autobús se detuvo. Leslie tomó de la mano a May Belle y la ayudó a bajar. Jess aún no lograba entender por qué dos personas

36

mayores y una niña inteligente como Leslie habían dejado una vida cómoda en un barrio residencial para ir a vivir a un sitio como aquél.

Miraron el autobús que arrancó con esfuerzo.

—Las granjas ya no son negocio, sabes —dijo Jess por fin—. Mi padre tiene que ir a Washington a trabajar, sin eso no tendríamos suficiente dinero...

—El problema no es el dinero.

—Claro que es el problema.

—Quiero decir —explicó—, no para nosotros.

Tardó un momento en entenderla. No conocía a nadie que no tuviera problemas de dinero.

—¡Oh!

A partir de aquel momento siempre más intentó recordar que no debía hablar con ella de cuestiones de dinero.

Pero Leslie tenía otros problemas en Lark Creek que provocaron más jaleo que la falta de dinero. Por ejemplo, el asunto de la televisión.

Todo comenzó cuando la señora Myers leyó en voz alta una redacción que Leslie había hecho sobre su pasatiempo favorito. Jess escribió sobre rugby, que realmente no le interesaba nada, pero tenía suficiente sentido común para saber que si escribía sobre pintura todos se reirían de él. Casi todos los chicos juraban que ver por la tele al equipo de los Pieles Rojas de Washington era su pasatiempo preferido. Las chicas estaban divididas: a las que no les importaba mucho lo que pensara la señora Myers escogieron los programas de juegos en la tele y las que, como Wanda Kay Moore, querían conseguir un sobresaliente, escogieron «Buenos Libros». Pero la señora Myers no leyó en voz alta más que la redacción de Leslie.

—Quiero leeros esta redacción. Por dos razones. Una, es que está espléndidamente escrita. Y la segunda, porque habla de un pasatiempo poco habitual en una chica. —La señora Myers dedicó su sonrisa de primer día de clase a Leslie, quien clavó sus ojos en el pupitre.

—Pesca submarina, por Leslie Burke.

La aguda voz de la señora Myers cortó las oraciones de Leslie

37

en pequeñas frases extrañas, pero, pese a ello, la fuerza de las palabras de ésta arrastró a Jess bajo las oscuras aguas, junto a ella. De repente, sintió dificultades para respirar. ¿Qué pasaría si al sumergirte tu máscara se llenara de agua y no pudieras llegar a tiempo a la superficie? Se atragantaba y sudaba. Intentó librarse del pánico. Ése era el pasatiempo preferido de Leslie Burke. Nadie imaginaría que la pesca submarina fuera su pasatiempo predilecto pero así era. Eso significaba que Leslie lo practicaba con frecuencia. Que no tenía miedo a bajar a mucha profundidad, a un mundo sin aire y casi sin luz. Cielos, qué cobarde era él. ¿Cómo era que hasta temblaba de miedo con sólo escuchar a la señora Myers describirlo? Era más bebé que Joyce Ann. Su padre esperaba que fuera un hombre. Pero él en cambio pasaba un susto de muerte con sólo oír la narración de una niña, que ni siquiera había cumplido los diez años, de cómo era la vida submarina. Tonto, tonto y más que tonto.

—Estoy segura —dijo la señorita Myers —de que todos vosotros habéis quedado tan favorablemente impresionados como yo por esta emocionante redacción de Leslie.

Impresionado. Dios. Si casi se había ahogado.

En la clase se oía un arrastrar de pies y crujir de papeles.

—Ahora os voy a poner unos deberes para casa —quejas por lo bajo— que estoy segura os gustarán —murmullos de desconfianza—. Esta tarde en el Séptimo Canal a las ocho emitirán un programa especial sobre el famoso explorador submarino Jacques Cousteau. Quiero que todos lo miréis. Después, escribid una hoja contando lo que habéis aprendido.

—¿Una hoja entera?

—Sí.

—¿Cuentan las faltas de ortografía?

—¿No cuentan siempre las faltas de ortografía, Gary?

—¿La hoja por las dos caras?

—Por una cara es suficiente, Wanda Kay. Pero los que hagan más trabajo recibirán una nota más alta.

Wanda Kay sonrió presuntuosamente. Ya se podían ver las diez hojas que se empezaban a formar dentro de aquella puntiaguda cabeza.

—Señora Myers.

—Sí, Leslie.

Cielos, la señora Myers era capaz de estropearse la cara si seguía sonriendo de esa manera.

—¿Qué pasará si no se puede ver el programa?

—Explícale a tus padres que forma parte de los deberes de clase. Estoy segura de que no tendrán inconveniente.

—Y si... —la voz de Leslie vacilaba; luego sacudió la cabeza y se aclaró la voz para que las palabras le salieran con más fuerza—. ¿Y si no tienes televisor?

Dios, Leslie. No digas eso. Siempre puedes verlo en el mío. Pero era demasiado tarde para salvarla. Los murmullos de incredulidad fueron aumentando poco a poco hasta convertirse en murmullos de desprecio.

La señora Myers pestañeó.

—Bueno. Bueno. —Volvió a pestañear.

Uno se podía dar cuenta de que ella estaba pensando también en cómo salvar a Leslie.

—Bueno. En ese caso escribe una redacción de una página sobre otra cosa. ¿De acuerdo? —Intentó sonreírle a Leslie a través del alboroto que se había levantado en el aula pero fue inútil.

—¡Silencio! *¡Silencio!* —La sonrisa para Leslie se trocó repentina y ominosamente en un ceño que silenció el temporal.

Repartió hojas ciclostiladas de operaciones de aritmética. Jess miró furtivamente a Leslie. Su rostro, con los ojos clavados en la hoja, estaba enrojecido y furioso.

A la hora del recreo, cuando jugaba al Rey de la Montaña, vio a Leslie rodeada de un grupo de niñas encabezado por Wanda Kay. No pudo oír lo que le decían pero adivinó por la manera con que Leslie erguía la cabeza, llena de orgullo, que las otras se estaban burlando de ella. En aquel momento, Gregg Williams le agarró y mientras peleaban Leslie desapareció. Realmente, no tenía por qué meter la nariz, pero tumbó a Gregg con todas sus fuerzas y gritó a quien quisiera oírle:

—¡Me voy!

Se colocó frente al servicio de las chicas. Leslie salió enseguida. Vio que había estado llorando.

—Oye, Leslie —la llamó suavemente.

—¡Vete! —Se dio la vuelta bruscamente y se dirigió rápidamente por otro lado. Con el ojo puesto en la puerta de la oficina, corrió tras ella. Estaba prohibido quedarse en los pasillos durante el recreo.

—Leslie, ¿qué te pasa?

—Tú sabes perfectamente bien lo que me pasa, Jess Aarons.

—Sí. —Se rascó la cabeza—. Si hubieras mantenido la boca cerrada. Sabes que puedes verlo en mi...

Pero ella volvió a darse la vuelta y salió zumbando por el pasillo. Antes de que tuviera tiempo de terminar la frase y alcanzarla cerró la puerta del servicio de las chicas en sus narices. No podía arriesgarse a que el señor Turner le viera merodeando cerca del servicio de las chicas como si fuera un pervertido o algo por el estilo.

Al terminar las clases, Leslie subió al autobús antes que él y fue como una flecha a sentarse en el asiento trasero: el asiento de los de séptimo. Él le hizo una señal con la cabeza para advertirle que se sentara más adelante, pero ella ni siquiera le miró. Veía a los de séptimo dirigirse hacia el autobús —las de séptimo, tetonas y mandonas, y los chicos, antipáticos, flacos y de expresión ceñuda—. La matarían por sentarse en su territorio. Se levantó de un salto y corrió hacia la parte de atrás asiendo a Leslie por el brazo.

—Tienes que sentarte en tu asiento de siempre, Leslie.

Mientras hablaba oía a los chicos mayores abriéndose paso por el estrecho pasillo a empujones. Janice Avery, que era la chica más matona de séptimo, que disfrutaba con asustar a cualquiera más pequeño que ella, estaba justo detrás de él.

—Muévete, niño —dijo.

Se plantó con toda la fuerza de que era capaz aunque su corazón golpeaba contra su nuez de Adán.

—Vamos, Leslie —dijo, y luego se obligó a volverse y lanzar a la Avery una mirada que fue desde su rizado pelo rubio, pasando por su blusa demasiado ceñida y vaqueros de grandes culeras, hasta sus enormes playeras.

Cuando terminó tragó saliva y le miró fijamente a la cara ceñuda y dijo, casi sin vacilar:

—Me parece que no hay suficiente sitio atrás para ti y Janice. Alguien abucheó diciendo:

—¡Los del *Control de Pesos* te esperan, Janice!

Janice le miró llena de odio pero se apartó para dejar que Jess y Leslie pasaran a sus asientos habituales.

Leslie echó un vistazo hacia atrás mientras se sentaban y luego se inclinó hacia él.

—Te lo va a hacer pagar, Jess. Caray, está furiosa.

A Jess le gustó el tono de respeto que había en su voz, pero no se atrevió a mirar hacia atrás.

—Qué diablos —dijo—. ¿Crees que me va a asustar una estúpida vaca como ella?

Cuando por fin bajaron del autobús su saliva pasaba por la nuez de Adán sin atragantarse. Hasta hizo un pequeño saludo hacia el asiento trasero cuando el autobús arrancó.

Leslie le sonreía mirándole por encima de la cabeza de May Belle.

—Bueno —dijo todo feliz—. Hasta luego.

—Oye, ¿crees que podemos hacer alguna cosa esta tarde?

—¡Yo también! Quiero hacer algo yo también —chilló May Belle.

Jess miró a Leslie. Sus ojos decían que no.

—Esta vez no, May Belle, Leslie y yo tenemos que hacer algo solos hoy. Puedes llevarte mis libros a casa y decir a mamá que estoy en casa de los Burke. ¿Vale?

—No tenéis nada que hacer. No tenéis nada pensado.

Leslie se acercó y se inclinó sobre May Belle, colocando la mano en el delgado hombro de la niña.

—May Belle, ¿te gustaría que te diera unos muñecos recortables nuevos?

May Belle volvió los ojos desconfiadamente hacia ella.

—¿Cómo son?

—La vida en la América Colonial.

May Belle dijo que no con la cabeza.

—Quiero la Novia o Miss América.

—Puedes hacer como que son recortables de novias. Tienen muchos vestidos largos preciosos.

—¿Qué les pasa?

—Nada. Son nuevos.

—¿Por qué no los quieres si son tan estupendos?

—Cuando llegues a mi edad —Leslie lanzó un pequeño suspiro— no te gustará jugar con recortables. Mi abuela me los envió. Ya sabes lo que pasa: las abuelas siempre se olvidan de que sigues creciendo.

La única abuela que tenía May Belle estaba en Georgia y nunca le había enviado nada.

—¿Los has recortado ya?

—No, te lo juro. Y puedes recortar toda la ropa también. Son de ésos en que ni siquiera tienes que utilizar tijeras.

Se dieron cuenta de que empezaba a flaquear.

—¿Por qué no bajas a verlos—comenzó Jess— y si te gustan te los llevas a casa cuando vayas a decir a mamá dónde estoy?

Una vez que May Belle hubo subido la cuesta a toda velocidad agarrando su nuevo tesoro, Jess y Leslie se dieron la vuelta para cruzar corriendo el baldío que había detrás de la vieja casa de los Perkins y bajaron al cauce seco de un arroyo que separaba las tierras de la granja del bosque. Había un viejo manzano silvestre, justo a orillas del lecho del arroyo, en el cual alguien había colgado una cuerda olvidada hacía tiempo.

Se turnaron columpiándose en la cuerda por encima del barranco. Era un glorioso día de otoño y si mirabas hacia arriba mientras te columpiabas tenías la sensación de flotar. Jess echó la cabeza y la espalda hacia atrás para poder perderse en la contemplación del magnífico color claro del cielo. Flotaba, flotaba como una nube blanca, gorda y perezosa de un lado a otro del azul.

—¿Sabes lo que necesitamos? —Leslie le llamó. Estaba tan extasiado en la contemplación del cielo que no se podía imaginar necesitando nada.

—Necesitamos un lugar —dijo ella— que sea sólo para nosotros. Será tan secreto que jamás contaremos a nadie en el mundo que existe. —Al columpiarse hacia atrás Jess arrastró los pies para frenar. Ella le habló, casi susurrando—. Debería ser un país secreto —prosiguió— y tú y yo seríamos los soberanos.

Sus palabras hicieron que algo se removiera en su interior. Le gustaría ser el soberano de algo. Hasta de algo que no fuera real.

—Vale —dijo—, ¿dónde podríamos tenerlo?

—En el interior del bosque, donde nadie pueda venir a estropearlo.

Había partes del bosque que no le gustaban nada a Jess. Sitios oscuros donde era como estar debajo del agua, pero no se lo dijo.

—Ya sé. —Leslie se estaba entusiasmando—. Podría ser un país mágico como Narnia y que la única manera de entrar fuera cruzando el arroyo columpiándose en esta cuerda encantada. —Sus ojos brillaban. Agarró la cuerda—. Vamos —dijo—. Vamos a buscar un lugar para construir nuestro castillo.

Habían penetrado sólo unos metros en el interior del bosque más allá del lecho del arroyo, cuando Leslie se detuvo.

—¿Qué te parece este lugar? —preguntó.

—Muy bien —dijo Jess, dando su aprobación rápidamente, aliviado de no tener que adentrarse más en el bosque.

Por supuesto, la llevaría más adentro, no era tan cobarde como para tener miedo de explorar de vez en cuando los lugares más profundos entre las cada vez más sombrías columnas de altos pinos. Pero como cosa habitual, sitio permanente, era ése el lugar que hubiera escogido: aquí donde los cerezos silvestres y las secuoyas jugaban al escondite entre los robles y el follaje y el sol derramaba sus rayos dorados salpicando alegremente sus pies.

—Estupendo —repitió afirmando vigorosamente con la cabeza. La maleza estaba seca y era fácil de limpiar. La tierra era casi lisa—. Será un buen lugar para construir.

Leslie puso el nombre de Terabithia a la tierra secreta y prestó a Jess todos sus libros sobre Narnia para que aprendiera cómo se vivía en los reinos mágicos: cómo se protegía a los animales y a los árboles y cómo tenía que comportarse un soberano. Esto último era lo más difícil. Cuando Leslie hablaba, las palabras le salían con majestad, parecía una verdadera reina. Pero él, bastantes problemas tenía para hablar un inglés normal como para encima emplear el lenguaje de un rey.

En cambio, sabía fabricar cosas. Bajaron arrastrando unas tablas y otros materiales del montón de chatarra que estaba cerca del campo de la señorita Bessie y construyeron su castillo en el lugar que habían encontrado en el bosque. Leslie llenó una lata grande de café con galletas saladas y otra más pequeña con cordeles y clavos. Encontraron cinco botellas viejas de Pepsi que lavaron y llenaron de agua para el caso, como dijo Leslie, de que «hubiera un asedio».

Al igual que Dios en la Biblia, contemplaron lo que habían hecho y lo encontraron muy bien.

—Tienes que hacer un dibujo de Terabithia para colgar en el castillo —dijo Leslie.

—No puedo. —¿Cómo explicarle a Leslie de manera que lo entendiera cuánto deseaba alcanzar y apoderarse de la vida que vibraba en torno suyo y que cuando lo intentaba se escurría entre sus dedos, dejando un seco fósil en la página?—. Es que se me escapa la poesía de los árboles —dijo.

Ella movió la cabeza.

—No te preocupes —dijo—. Algún día lo harás.

La creyó porque allí en la sombreada luz del castillo todo parecía posible. Los dos juntos eran los dueños del mundo y ningún enemigo, ni Gary Fulcher, ni Wanda Kay Moore, ni Janice Avery ni los temores e insuficiencias de Jess, ni los adversarios que Leslie imaginaba atacando Terabithia podrían derrotarles nunca.

Unos días después de haber terminado su castillo, Janice Avery se cayó en el autobús y chilló gritando que Jess le había puesto la zancadilla cuando ella pasaba. Armó tal escándalo que la señora Prentice, la conductora, ordenó a Jess que bajara del autobús, así que tuvo que recorrer a pie las tres millas hasta su casa.

Cuando Jess por fin llegó a Terabithia, Leslie estaba acurrucada junto a una de las grietas que había en el tejado intentando aprovechar la luz para leer. El libro tenía en la portada el dibujo de una ballena atacando a un delfín.

—¿Qué haces? —Entró y se sentó a su lado en el suelo.

—Leyendo. Tenía que hacer algo. ¡Vaya chica! —estalló llena de ira.

—No me importa. No me molesta mucho andar. —¿Qué era un paseíto al lado de las otras cosas que podía haberle hecho Janice Avery?

—Ése es el *principio* de las cosas, Jess. Eso es lo que tienes que entender. Tienes que pararle los pies a gente como ella. Si no, se convierten en tiranos y dictadores.

Se agachó y tomó de sus manos el libro de la ballena, fingiendo fijarse en el sangriento dibujo de la portada.

—¿Sacaste alguna idea?

—¿De qué?

—Yo creía que estabas buscando ideas de cómo pararle los pies a Janice Avery.

—No, tonto. Estamos intentando *salvar* a las ballenas. Pueden extinguirse.

Le devolvió el libro.

—Salvas a las ballenas y disparas contra las personas, ¿no?

Por fin ella sonrió.

—Algo por el estilo, supongo. Oye, ¿conoces la historia de Moby Dick?

—¿Quién es?

—Bueno, había una enorme ballena blanca llamada Moby Dick...

Y Leslie contó la increíble aventura de una ballena y de un loco capitán de barco que se desvivía por matarla. Los dedos de Jess vibraban de deseo de ponerlo sobre una hoja de papel. Quizá si tuviera unas verdaderas pinturas podría hacerlo. Tenía que existir alguna manera de pintar una ballena resplandeciente de blancura contra las aguas oscuras.

Al principio evitaban estar juntos durante las horas de colegio, pero ya para octubre no les importaba que los demás conocieran su amistad. Gary Fulcher, al igual que Brenda, gozaba tomándole el pelo a Jess, hablándole de su «novia». Jess casi no le hacía caso. Sabía que una «novia» era alguien que te acecha durante los recreos e intenta cogerte y darte un beso. Le era tan difícil imaginarse a Leslie corriendo detrás de algún chico como pensar en la señora Doble Papada Myers trepando al mástil de una bandera. Que Gary Fulcher se fuera al infierno.

Como no había más tiempo libre durante las horas de clase que el del recreo y ya no había carreras, Jess y Leslie solían buscar un lugar tranquilo en el campo para sentarse y charlar. Salvo la mágica media hora de los viernes, el recreo era la única cosa que Jess esperaba con ilusión durante las horas de clase. Leslie siempre podía pensar en algo gracioso que hacía más llevaderos los largos días. Muchas veces era alguna broma sobre la señora Myers. Leslie era una persona que se estaba muy callada en su pupitre, nunca se ponía a cuchichear o a pensar en las musarañas o a masticar chicle, y hacía estupendamente su trabajo, pero pese a ello su cabeza estaba llena de travesuras, de manera que si la profesora hubiera mirado bajo aquella máscara de perfección se hubiera quedado horrorizada.

A Jess le era difícil mantener la cara seria durante la clase cuando se imaginaba qué ideas se le podían estar ocurriendo a Leslie detrás de aquella mirada angelical. Una mañana entera, según le contó Leslie durante el recreo, la pasó imaginando a la señora Myers en una de esas granjas para adelgazar que hay en Arizona. En sus fantasías la señora Myers era una glotona que escondía tabletas de chocolate en los lugares más impensables —como en el grifo del agua caliente— y siempre la descubrían y la humillaban públicamente delante de las otras mujeres gordas. Aquella tarde, Jess imaginó a la señora Myers vistiendo sólo una faja rosada, en una báscula. «¡Has vuelto a hacer trampa, Gussie!», le decía la directora, que era muy flaca. La señora Myers estaba al borde de las lágrimas.

—¡Jess Aarons!

La aguda voz de la maestra reventó su ensueño. Era incapaz de mirar a su rechoncha cara. Se partiría de risa. Clavó los ojos en el desigual dobladillo.

—Sí, señora.

Tendría que recibir lecciones de Leslie. La señora Myers siem-

47

pre le pillaba cuando estaba distraído, pero nunca parecía sospechar que Leslie no estuviera atenta. Miró a hurtadillas en su dirección. Leslie estudiaba con gran interés en su libro de geografía o eso hubiera creído alguien que no la conociera.

En Terabithia hizo frío en noviembre. No se atrevieron a prender una hoguera dentro del castillo aunque a veces hacían una afuera y se acurrucaban frente a ella. Durante algún tiempo, Leslie guardó dos sacos de dormir en el castillo, pero en diciembre su padre se dio cuenta de que habían desaparecido y tuvo que devolverlos. La verdad es que fue Jess quien le obligó a devolverlos. No es precisamente que tuviera miedo de los Burke. Los padres de Leslie eran jóvenes, con dentaduras fuertes y blancas y mucho pelo los dos. Leslie les llamaba Judy y Bill, cosa que molestaba bastante a Jess. No es que fuera asunto suyo cómo llamaba Leslie a sus padres. Pero no podía acostumbrarse.

Tanto su padre como su madre eran escritores. La señora Burke escribía novelas y, según Leslie, era más conocida que el señor Burke, que escribía sobre política. Era increíble ver las estanterías donde tenían puestas sus obras. La señora Burke se llamaba «Judith Hancock» en la portada, cosa que le desconcertó hasta que miró la contraportada con su fotografía de persona muy joven y seria. El señor Burke iba y venía a Washington para terminar un libro que estaba escribiendo con otra persona, pero había prometido a Leslie que después de las Navidades se quedaría en casa para empezar a arreglar y cultivar su jardín y escuchar música y leer libros en voz alta y escribir sólo cuando le sobrara tiempo.

No encajaban con la idea que Jess se hacía de los ricos, pero hasta él se dio cuenta de que los vaqueros que llevaban no los habían comprado en el almacén de Newberry. Los Burke no tenían televisión pero en cambio había un montón de discos y un equipo estereofónico que parecía salido de *Star Trek*. Y aunque su automóvil era pequeño y estaba lleno de polvo era italiano y tenía aspecto de ser caro.

Siempre eran muy amables con Jess cuando iba a su casa,

pero de pronto se ponían a hablar de política francesa o de cuartetos de cuerda (al principio Jess creyó que se trataba de una caja cuadrada hecha de cuerda), o de cómo salvar a los lobos grises, a las secuoyas o a las ballenas, y le asustaba abrir la boca y demostrar lo tonto que era.

Tampoco se sentía a gusto cuando Leslie venía a casa. Joyce Ann la miraba con el dedo metido en la boca y babeando, Brenda y Ellie siempre buscaban la forma de hacer algún comentario sobre su «novia». Su madre se comportaba de manera afectada y extraña como cuando iba a la escuela para hablar de alguna cosa. Después hablaba de la ropa «vulgar» de Leslie. Leslie siempre llevaba pantalones, hasta para asistir a clase. Su pelo era «más corto que el de un niño». Sus padres no eran más que unos «hippies». May Belle intentaba jugar con ellos o se ponía mohína cuando no le hacían caso. Su padre había visto a Leslie sólo unas cuantas veces y la saludó con un movimiento de cabeza para mostrar que sabía que existía, pero la madre decía que estaba segura de que se sentía preocupado porque su único hijo no hacía más que jugar con chicas y tanto ella como él miraban con aprensión lo que podía salir de aquello.

A Jess no le preocupaba nada «lo que pudiera salir de aquello». Por primera vez en su vida se levantaba con ilusión. Leslie era algo más que su amiga. Era su otro yo, más interesante: el paso a Terabithia y a todos los mundos del más allá.

Terabithia era su secreto, y menos mal que era así, porque ¿cómo podía explicárselo a un extraño? Con sólo ir caminando cuesta abajo hacia el bosque la sangre de Jess corría por sus venas más alegre y más rápida.

Tomaba el cabo de la cuerda y se balanceaba hasta la otra orilla, reventando de alegría y luego caía suavemente de pie, sintiéndose más alto, más fuerte y más sabio en aquella tierra misteriosa.

El lugar que más le gustaba a Leslie después del castillo era el pinar. Las copas de los árboles eran tan densas que a través de ellas no podía pasar la luz del sol. Ni arbustos ni yerbas crecían, faltos de luz, y el suelo estaba alfombrado de agujas doradas.

—Antes creía que este sitio estaba encantado —le confesó

Jess a Leslie la primera tarde que reunió el valor suficiente para llevarla hasta allí.

—Pues lo está —dijo ella—. No tienes por qué tener miedo. No está encantado con cosas malas.

—¿Cómo lo sabes?

—Puedes sentirlo. Escucha.

Al principio escuchó el silencio. Era el mismo silencio que antes le asustaba, pero ahora le parecía como el silencio que se producía cuando la señorita Edmunds terminaba una canción, cuando las cuerdas de la guitarra dejaban de sonar. Leslie tenía razón. Permanecieron de pie, muy quietos, para que el crujido de las agujas bajo sus pies no rompiera el hechizo. De lejos, de su mundo anterior, llegó el graznido de los gansos que volaban hacia el sur.

Leslie respiró profundamente.

—Éste no es un lugar cualquiera —susurró—. Hasta los soberanos de Terabithia no entran en este sitio más que en momentos de profunda tristeza o de alegría. Nuestro deber es que siga siendo sagrado. No sería bueno que molestáramos a los espíritus.

Asintió con un movimiento de cabeza y sin hablar volvieron a la orilla del arroyo, donde celebraron una solemne comida de galletas saladas y frutos secos.

CINCO

Los gigantes asesinos

A Leslie le encantaba inventar historias de gigantes que amenazaban la paz de Terabithia, pero los dos sabían muy bien que la única giganta real que había en sus vidas era Janice Avery. Por supuesto, Jess y Leslie no eran los únicos perseguidos.

Janice tenía dos amigas, Wilma Dean y Bobby Sue Henshaw, que pesaban casi tanto como ella, y las tres se pasaban los recreos robando las piedras que usaban para jugar a la rayuela, metiéndose por en medio de las que jugaban a la comba y riéndose de las protestas de las pequeñas de segundo. Hasta se ponían en la puerta del servicio de las chicas a primera hora de la mañana para obligar a las pequeñas a darles su dinero para la leche antes de dejarlas entrar.

Por desgracia, May Belle era muy poco espabilada. Su papá le había comprado un paquete de Twinkies* y se puso tan contenta que tan pronto como subió al autobús olvidó toda precaución y gritó a una amiga de la clase de primero:

—¿A que no adivinas lo que tengo hoy para comer, Belly Jean?

—¿Qué?

—¡Twinkies! —gritó con tal fuerza que hasta un sordo sentado en el asiento de atrás la hubiera oído.

Jess, mirando de soslayo, creyó ver que Janice Avery prestaba atención.

Cuando se sentaron, May Belle se esforzó por vencer el estruendo del motor para seguir hablando de sus malditos Twinkies.

—¡Papi me los trajo de Washington!

Jess volvió a echar un vistazo hacia atrás.

—Es mejor que te calles lo de tus estúpidos Twinkies —le susurró al oído.

* Especie de pastelillos rellenos.

—Lo que pasa es que tienes envidia porque papi no te trajo.

—Vale.

Jess se encogió de hombros y le dijo a Leslie:

—*Se lo he advertido, ¿no?* —Y Leslie asintió con la cabeza.

Así que no fue ninguna sorpresa que May Belle se le acercara lloriqueando.

—¡Me ha quitado mis Twinkies!

Jess suspiró.

—¿No te lo había dicho, May Belle?

—Tienes que matar a Janice Avery. ¡Matarla! ¡Matarla!

—Sssss —hizo Leslie, acariciando la cabeza de May Belle, pero ésta no buscaba consuelo sino venganza.

—Tienes que pegarle hasta machacarla.

Jess hubiera preferido enfrentarse a la señora Godzilla.

—Con una pelea no vamos a resolver nada, May Belle. Tus Twinkies ya están engordando el trasero de Janice Avery.

Leslie lanzó una risita, pero May Belle era testaruda.

—Eres un bocazas, Jess Aarons. Si no fueras un bocazas molerías a palos a los que robaran Twinkies a tu hermanita. —Y se puso a llorar de nuevo.

Jess se puso tenso. No quiso mirar a Leslie a los ojos. Dios, tendría que pelear con aquella gorila.

—Escucha, May Belle —dijo Leslie—. Si Jess busca pelea con Janice Avery sabes muy bien lo que va a ocurrir.

May Belle se limpió las narices con el dorso de la mano.

—Ella le dará una paliza.

—Nooo. A Jess lo echarán de la escuela por pelear con una chica. Ya sabes lo que hace el señor Turner con los chicos que pelean con las chicas.

—Ella me robó los Twinkies.

—Ya lo sé. Jess y yo buscaremos la manera de hacérselo pagar. ¿Estás de acuerdo, Jess?

Jess asintió enérgicamente. Cualquier cosa era preferible que prometer pelear con Janice Avery.

—¿Qué vais a hacer?

—Todavía no lo sé. Tenemos que pensarlo mucho, pero te juro, May Belle, que te vengaremos.

—¿Que te mueras si no lo haces?

Leslie juró solemnemente poniendo la mano sobre su corazón. May Belle se volvió hacia Jess, esperando que él lo hiciera también, y Jess lo hizo procurando no sentirse ridículo por hacer una cosa semejante ante una cría en el patio de recreo.

May Belle se sorbió ruidosamente los mocos.

—Mejor sería hacerla pedazos.

—Claro que sí —dijo Leslie—. Estoy segura de que sería mucho mejor, pero resulta que es el señor Turner quien manda y no hay nada que hacer. ¿No es cierto, Jess?

—Sí.

Aquella misma tarde, acurrucados en su castillo de Terabithia, celebraron consejo de guerra. El problema era cómo vengarse de Janice Avery sin terminar aplastados o expulsados de la escuela.

—Tal vez consigamos que la pillen haciendo algo. —Leslie estaba a vueltas con otra idea después de que los dos hubieran rechazado la de poner miel en su asiento y pegamento en su crema para las manos—. Sabes que fuma en el servicio. Si pudiéramos conseguir que el señor Turner pasara por allí cuando esté saliendo el humo...

Jess meneó la cabeza desanimado.

—No tardaría ni cinco minutos en saber quién había dado el chivatazo.

Hubo un momento de silencio mientras cada cual pensaba qué sería capaz de hacer Janice Avery si alguien iba de acusica al director.

—Tenemos que meterla en un buen lío sin que se entere de quién lo ha hecho.

—Sí. —Leslie masticaba lentamente un orejón seco—. ¿Sabes qué es lo que más asusta a las chicas como Avery?

—¿Qué?

—Que las pongan en ridículo.

Jess recordó la cara que Janice había puesto el día que hizo que se rieran de ella en el autobús. Leslie tenía razón. Tenía que haber una parte débil en su piel de hipopótamo.

—Sí —asintió empezando a sonreír—. ¿Cómo vamos a meternos con ella?

—¿Qué te parece —comenzó Leslie lentamente— algo sobre chicos? ¿A quién le pone los ojos tiernos?

—A Willard Hughes, supongo. Todas las chicas de séptimo le ponen los ojos tiernos cuando pasa a su lado.

—Sí. —A Leslie le brillaban los ojos. Se le ocurrió de repente un plan—. Mira, le escribiremos una nota y hacemos como que la ha escrito Willard.

Jess sacó un lápiz de la lata y un trozo de papel de debajo de una piedra. Se lo entregó a Leslie.

—No, escríbelo tú. Mi letra es demasiado buena para que se parezca a la de Willard Hughes.

Jess se dispuso a escribir y esperó.

—Bien —dijo ella—. Humm... Querida Janice. No. Queridísima Janice.

Jess vaciló, dudoso.

—Créeme, Jess. Se lo va a tragar a gusto. Muy bien. «Queridísima Janice.» No te preocupes por los puntos y las comas ni nada de eso. Tiene que ser como si fuera del propio Willard Hughes. Bien. «Queridísima Janice. Quizá no me creas, pero te quiero.»

—¿Tú crees que ella se va...? —preguntó mientras escribía.

—Te lo digo, se lo tragará a pies juntillas. Las chicas como Janice Avery siempre creen lo que quieren en un caso así. Vale. Ahora: «Si me dices que no me quieres, se me romperá el corazón. Así que no me lo digas, por favor. Si me quieres tanto como yo a ti, querida mía...»

—Espera, no puedo escribir tan rápido.

Leslie esperó y cuando él la miró continuó con voz aflautada:

—«Espérame detrás de la escuela esta tarde después de las clases. No te preocupes si pierdes el autobús. Quiero acompañarte hasta casa y hablar de nosotros». Pon «nosotros» con mayúsculas. «Querida mía. Amor y besos. Willard Hughes.»

—¿Besos?

—Sí. Besos. Mete una hilera de x también.

Esperó un momento mirando por encima del hombro de Jess mientras terminaba.

—Oh, sí. Pon una posdata.

Lo hizo.

—Hummm. «No se lo cuentes a nadie. Que nuestro amor sea un secreto para nosotros dos por ahora.»

—¿Por qué hay que poner eso?

—Porque así es seguro que se lo contará a alguien, tonto. —Leslie volvió a leer la nota, dando su beneplácito—. Muy bien. Has puesto las suficientes faltas de ortografía. —La repasó una vez más—. Oye, estas cosas me salen bastante bien.

—Seguro. Habrás tenido algún amor secreto en Arlington.

—Jess Aarons, te voy a matar.

—Cuidado, si matas al rey de Terabithia te meterás en un tremendo lío.

—Seré regicida —dijo Leslie con orgullo.

—¿Regi-qué?

—¿No te he contado nunca la historia de Hamlet?

Jess se dio la vuelta hasta ponerse boca arriba.

—Hasta hoy no —dijo contento.

Cielos, cómo le gustaban las historias de Leslie. Algún día, cuando fuera lo bastante bueno, le pediría a Leslie que hiciera un libro con ellas y que le dejara hacer las ilustraciones.

—Bueno —comenzó ella—. Había una vez un príncipe de Dinamarca que se llamaba Hamlet...

Mentalmente comenzó a dibujar el sombrío castillo con el torturado príncipe paseando por los parapetos. ¿Cómo podría hacer que un fantasma saliera de la niebla? Por supuesto que no con ceras pero sí con pinturas que le permitieran poner una capa encima de otra para que una pálida figura fuera surgiendo poco a poco del papel. Comenzó a temblar. Sabía que podía hacerlo si Leslie le dejaba sus pinturas.

La parte más complicada del plan de venganza contra Janice Avery consistía en cómo colocar la nota.

A la mañana siguiente entraron furtivamente en la escuela antes de que sonara el primer timbre. Leslie iba unos metros delante para que, en caso de ser descubiertos, no se dieran cuenta de que estaban juntos. El señor Turner se ponía como una fiera con los chicos y las chicas que cogía rondando juntos por los pasillos. Llegó a la puerta de la clase de séptimo y fisgó dentro. Luego le hizo una seña a Jess para que se acercara. Se le pusieron los pelos de punta. Dios.

—¿Cómo puedo encontrar su pupitre?

—Creí que sabías dónde se sentaba.

Dijo que no con la cabeza.

—Tendrás que mirar uno por uno hasta que lo encuentres. Rápido. Me quedaré vigilando.

Leslie cerró la puerta sin ruido y le dejó registrándolos apresuradamente, intentando no desordenarlos, pero le temblaban tanto las malditas manos que le era casi imposible sacar alguna cosa para buscar los nombres.

De repente oyó la voz de Leslie:

—Oh, *señora Pierce*. Estaba aquí *esperándola*.

Dios mío. La profesora de séptimo estaba allí y venía hacia el aula. Se quedó helado. No entendió lo que la señora Pierce contestó a Leslie.

—Sí, señora. Hay un nido muy interesante en el extremo sur del edificio, y como usted —Leslie habló aún más alto— sabe tanto de ciencias esperaba que tuviera un minuto para *examinarlo conmigo* y decirme qué pájaro lo ha construido.

La contestación fue un murmullo.

—¡Oh, gracias, señora Pierce! —Leslie estaba casi chillando—. Será cosa de un minuto, ¡y para mí significa tanto!

Tan pronto oyó cómo se alejaban los pasos registró volando los pupitres que le quedaban hasta que, oh alegría, encontró un cuaderno de redacción con el nombre de Janice Avery. Colocó la nota encima de los papeles y salió disparado del aula para meterse en el servicio de los chicos y allí se escondió en uno de los retretes hasta que sonó el timbre avisando que comenzaban las clases.

A la hora del recreo, Janice Avery juntó su cabeza a las de Wilma y Bobby Sue, celebrando una conferencia secreta. Después, en lugar de hacer rabiar a las pequeñas, las tres se fueron del brazo a ver jugar rugby a los chicos mayores. Cuando el trío pasó por su lado, Jess vio el rostro de Janice ruborizado y lleno de orgullo. Jess miró de reojo hacia Leslie y los ojos de Leslie le miraron a él.

Por la tarde, cuando el autobús estaba a punto de salir, uno de los de séptimo, Billy Morris, gritó a la señora Prentice que Janice Avery no había subido todavía.

—No importa, señora Prentice —gritó a su vez Wilma Dean—. Esta tarde no viene.

Luego susurró claramente:

—Supongo que sabéis que Janice tiene un compromiso importantísimo con quien todos sabemos.

—¿Con quién? —preguntó Billy.

—Con Willard Hughes. Está tan loco por ella que ya no aguanta más. Hasta la va a acompañar andando hasta su casa.

—¿Quién ha dicho eso? El 304 acaba de salir con Willard Hughes sentado en el último asiento. Si tiene un compromiso tan importante no parece haberse enterado.

—¡Mientes, Billy Morris!

Billy soltó una palabrota y todos los chicos sentados en el asiento trasero se lanzaron a discutir acaloradamente si Janice Avery y Willard Hughes estaban o no enamorados y si se veían o no secretamente.

Cuando Billy bajó del autobús le gritó a Wilma:

—¡Es mejor que avises a Janice que Willard se pondrá hecho una furia cuando se entere de lo que anda contando por la escuela!

El rostro de Wilma asomó, lívido, por la ventanilla.

—¡Eres tonto! Habla con Willard, ya verás. ¡Pregúntale por la carta! ¡Ya verás!

—Pobrecita,. Janice Avery —comentó Jess cuando más tarde estuvieron sentados en el castillo.

—¿Pobrecita Janice Avery? ¡Merece todo lo que le hemos hecho y mucho más aún!

—Supongo que sí —suspiró él—. Pero, de todos modos...

Leslie parecía contrariada.

—¿No sentirás haberlo hecho, verdad?

—No. Supongo que no había otro remedio, pero...

—¿Pero qué?

Jess sonrió.

—Quizá siento hacia Janice lo mismo que tú sientes hacia las ballenas asesinas.

Leslie le dio un golpe en el hombro.

—Vamos a salir en busca de algunos gigantes o muertos vivientes para luchar contra ellos. Estoy harta ya de Janice Avery.

Al día siguiente, Janice Avery subió al autobús dando grandes zancadas, desafiando a todos con los ojos a que abrieran la boca. Leslie dio un pequeño codazo a May Belle.

—Sssss. Sí.

May Belle se volvió completamente y miró fijamente a los asientos de atrás; después se dio la vuelta y tocó a Jess.

—¿La habéis puesto *así* de enfadada?

Jess asintió con la cabeza haciendo lo posible para moverla muy poco.

—Nosotros escribimos la carta —le susurró Leslie—. Pero no se lo digas a nadie pues si se entera nos matará.

—Lo sé —dijo May Belle con los ojos relucientes—. Lo sé.

SEIS

La llegada del príncipe Terrien

Todavía faltaba un mes para las navidades, pero en casa de Jess las chicas no hablaban de otra cosa. Ese año tanto Ellie como Brenda tenían novios que estaban en la escuela secundaria y el problema de qué regalarles y qué clase de regalo les harían ellos provocó especulaciones y peleas sin fin. Como siempre, las peleas se debían a que su madre se quejaba de que casi no había dinero suficiente para hacer regalos de Santa Claus a las pequeñas y menos aún para comprar discos o camisas a un par de chicos a los que jamás había visto.

—¿Qué vas a regalar a tu chica, Jess? —le preguntó Brenda haciendo aquel gesto tan feo y tan peculiar suyo con la cara.

Intentó no hacerle caso. Leía un libro que le había prestado Leslie y las aventuras de un porquero eran mucho más importantes para él que los insolentes comentarios de Brenda.

—¿Pero no lo sabes, Brenda? —Ellie dio otro toque—. Jess no tiene *chica*.

—Pues por una vez tienes razón. Nadie con dos dedos de frente le llamaría *chica* a ese palo.

Brenda acercó su cara a la de Jess y con sus grandes labios pintados hizo una mueca al decir *chica*. Jess sintió que le hervía la sangre y si no hubiera saltado de la silla para marcharse le hubiera dado una bofetada.

Más tarde intentó explicarse por qué se había puesto así. En parte, desde luego, era porque una chica tan tonta como Brenda creyera que podía burlarse de Leslie. Cielos, le dolía el estómago de pensar que Brenda fuera de su misma sangre y que, en cambio, a los ojos de los demás, entre Leslie y él no hubiera ninguna clase de vínculo. Se imaginó que tal vez fuera uno de esos niños abandonados que aparecen en los cuentos. Hacía mucho tiempo, cuando aún había agua en el arroyo, llegué hasta aquí flotando en

59

una cesta forrada con alquitrán para impermeabilizarla. Mi papá me encontró y me llevó a casa porque siempre había deseado un hijo y sólo tenía unas hijas estúpidas. Mis verdaderos padres, hermanos y hermanas viven muy lejos: más allá de West Virginia o incluso de Ohio. En alguna parte tengo una familia que tiene la casa llena de libros y que todavía está triste porque le robaron a su niño.

Intentaba comprender por qué se había irritado tanto. También estaba enfadado porque se acercaban las navidades y no tenía nada que regalarle a Leslie. No es que ella fuera a esperar algo muy caro; se trataba de que sentía tanta necesidad de darle algo como de comer cuando tenía hambre.

Pensó en hacerle un libro con sus dibujos. Llegó a robar papel y ceras en la escuela para hacerlo. Pero nada de lo que dibujaba le parecía bueno y terminó haciendo garabatos y tirando los papeles a la estufa para que se quemaran.

Cuando llegó la última semana de clases antes de las vacaciones se sintió muy desanimado. No podía pedir ayuda o consejos a nadie. Su papá le dijo que le daría un dólar por cada miembro de la familia, pero aunque hiciera trampa con los regalos, no le sobraría lo bastante como para comprarle a Leslie algo que valiera la pena. Además, May Belle se empeñó en una muñeca Barbie y ya había prometido juntar su dinero con el de Ellie y Brenda para comprársela. Luego resultó que el precio había subido y se dio cuenta de que tenía que restar de los dólares para los demás para poder pagar el precio total de la muñeca. Realmente, ese año May Belle necesitaba algo especial. Siempre estaba triste. No podía jugar con él y Leslie, pero era muy difícil explicárselo. ¿Por qué no jugaba con Joyce Ann? Él no podía estar entreteniéndola siempre. Pero era necesario comprarle la Barbie.

Así que no había dinero y encima se quedaba como paralizado cuando intentaba hacer algo para Leslie. Ella no era como Brenda o Ellie. No se reiría de él, le comprara lo que le comprase. Pero por amor propio tenía que regalarle algo de lo que pudiera sentirse orgulloso.

Si tuviera dinero le compraría un televisor. Uno pequeño, japonés, que pudiera guardar en su habitación sin molestar a Judy y a Bill. No le parecía justo que con todo el dinero que tenían prescindieran de la tele. No se trataba de que Leslie mirara la tele como Brenda, que se pasaba las horas delante de ella con la boca abierta y los ojos saltando como si fueran pececillos. Pero así los chicos de la clase tendrían una cosa menos de la que burlarse. Pero, claro, no había forma de comprársela. Hasta era una tontería pensar en ello.

Dios, qué estúpido era. Miró tristemente por la ventanilla del autobús. Era un milagro que una chica como Leslie le hiciera caso. Si ella hubiera encontrado a otro en esa horrible escuela; era tan estúpido que casi había pasado de largo ante el cartel sin darse cuenta. Pero algo en un rincón de su cabeza se puso en movimiento y se levantó de un salto, empujando al pasar a Leslie y a May Belle.

—Nos veremos más tarde —masculló, y a base de empujones atravesó el pasillo lleno de piernas desparramadas—. Déjeme bajar aquí, señora Prentice, por favor.

—Ésta no es tu parada.

—Tengo que hacer un recado para mi madre —mintió.

—Con tal de que no me líes. —Empezó a frenar.

—Qué va. Gracias.

Saltó del autobús antes de que se hubiera parado completamente y volvió corriendo en dirección al anuncio.

«Cachorros», decía. «Gratis».

Jess le dijo a Leslie que se encontrarían en el castillo la tarde del día de Nochebuena. Toda la familia se había ido a Millsburg Plaza a hacer compras de última hora, pero él se quedó en casa. El perro era una cosita parda y negra con grandes ojos castaños. Jess robó un lazo del cajón de Brenda, cruzó los campos y bajó la cuesta corriendo, con el cachorrito moviéndose en sus brazos. Antes de llegar al cauce seco del arroyo, el cachorrito le había dejado la cara casi despellejada de tanto lamerla y le había llenado la chaqueta de baba, pero era imposible enfadarse con él. Lo apretó bajo el brazo y se columpió hasta el otro lado del arroyo tan

suavemente como pudo. Podía haber cruzado el cauce a pie. Hubiera sido más fácil pero había que seguir la costumbre de que sólo se podía entrar en Terabithia por la entrada convenida. No podía dejar que el cachorro incumpliera las normas. Podía traerles mala suerte a los dos.

En el castillo puso el lazo en el cuello al cachorro, echándose a reír cuando se libró de él y se puso a masticar las puntas. Era una cosita espabilada, llena de vida, un regalo del que podía sentirse orgulloso. La alegría de Leslie era evidente. Se puso de rodillas sobre la tierra fría, tomando al cachorro y acercándolo a su cara.

—Ten cuidado —le advirtió Jess—. Moja más que una pistola de agua.

Leslie lo alejó de sí un poco.

—¿Es macho o hembra?

Muy de vez en cuando podía enseñarle algo a Leslie.

—Macho —respondió contento.

—Entonces le llamaremos *Príncipe Terrien* y lo nombraremos guardián de Terabithia.

Puso el cachorrito en el suelo y se levantó.

—¿A dónde vas? —preguntó él.

—Al bosquecillo de pinos —contestó Leslie—. Es un momento de mucha alegría.

Más tarde Leslie dio a Jess su regalo. Era una caja de acuarelas con veinticuatro tubos de color, tres pinceles y un cuaderno para dibujar.

—¡Cielos! —exclamó—. Gracias.

Intentó otra forma de decirlo pero no la encontró.

—Gracias —repitió.

—No es un regalo tan bueno como el tuyo —dijo Leslie humildemente—, pero espero que te haya gustado.

Quería decirle lo orgulloso y bueno que le había hecho sentirse, que lo que restaba de las navidades no le importaba porque aquél era un día maravilloso, pero le faltaban las palabras.

—Oh sí, sí —dijo, y luego se puso de rodillas y empezó a ladrarle al *Príncipe Terrien*.

El cachorro corría dando vueltas a su alrededor, aullando encantado.

Leslie se reía. El perrito incitaba a Jess. Imitaba todo lo que hacía y al final se dejó caer con la lengua fuera. Leslie se reía tanto que no podía hablar.

—Estás loco. ¿Cómo vamos a enseñarle a ser un noble guardián? Lo estás convirtiendo en un payaso.

«Rrrrrrr», gimoteó el *Príncipe Terrien*, girando los ojos hacia el cielo.

Jess y Leslie se dejaron caer al suelo. Se sentían enfermos de tanto reír.

—Tal vez —concluyó Leslie— sería mejor convertirlo en el bufón de la corte.

—¿Y el nombre?

—Bueno, le dejaremos quedarse con su nombre. Hasta un príncipe —y eso lo dijo con la voz propia de Terabithia— puede ser tonto.

Aquella noche siguió sintiéndose lleno del resplandor de la tarde. Ni siquiera le afectaron las riñas de sus hermanas sobre cuándo se debían abrir los regalos. Ayudó a May Belle a envolver sus miserables regalitos y hasta cantó «Santa Claus llegó a la ciudad» con ella y con Joyce Ann. Después, Joyce Ann se echó a llorar porque no tenían chimenea y Santa Claus no podría entrar en su casa, y de repente Jess se sintió triste porque la niña había ido a Millsburg y contemplado todas aquellas cosas esperando que un sujeto vestido de rojo le fuera a regalar todos sus sueños. May Belle, con sus seis años, ya sabía bastante. Lo único que esperaba es que le dieran una muñeca Barbie. Estaba contento por haberse gastado tanto en comprársela. A Joyce no le importaría que sólo le hubiera podido comprar un sujetador para el pelo. Le echaría la culpa de ser tan tacaño a Santa Claus y no a él. Rodeó torpemente con su brazo a Joyce Ann.

—Ven, Joyce Ann, no llores. Santa Claus sabe cómo entrar. No necesita usar la chimenea, ¿no es cierto, May Belle?

May Belle le miraba con sus ojos grandes y solemnes. Jess le hizo un guiño cómplice por encima de la cabeza de Joyce Ann. La niña se derritió de felicidad.

—Nooo, Joyce Ann. Él sabe el camino. Lo sabe todo.

Torció la mejilla en un vano esfuerzo por devolverle el guiño. Era una buena chica. Le caía pero que muy bien la pequeña Belle.

A la mañana siguiente le ayudó a vestir y desvestir a su muñeca Barbie por lo menos treinta veces. Deslizar el delgado vestido sobre la cabeza y los brazos de la muñeca y cerrar los minúsculos corchetes era demasiado difícil para sus dedos regordetes.

Le regalaron un juego de coches de carreras que intentó montar para complacer a su padre. No era de esos lujosos que se ven en la tele, pero era eléctrico y sabía que papá se había gastado más de la cuenta. Pero aquellos estúpidos coches se salían del carril continuamente en las curvas, acabando con la paciencia de su padre, que se puso a maldecirlos.

Jess estaba ansioso porque todo saliera bien. Deseaba que su padre se sintiera orgulloso de su regalo como él lo estaba con el del cachorro.

—Es estupendo. Es que todavía no sé manejarlo bien.

Tenía la cara enrojecida y se apartaba continuamente el pelo de los ojos mientras se inclinaba sobre la pista de plástico en forma de ocho.

—Basura barata. —Su padre dio una patada en el suelo peligrosamente cerca de la pista—. Las cosas se están poniendo cada vez más caras.

Joyce Ann se tumbó en la cama llorando porque había arran-

64

cado la cuerda de su muñeca parlante y ya no hablaba. Brenda hacía pucheros porque a Ellie le habían regalado unos leotardos y a ella sólo unos calcetines. Ellie no ayudaba a arreglar las cosas pavoneándose por la casa con los leotardos nuevos puestos y haciendo grandes alardes de que ayudaba a mamá con el jamón y los boniatos que había de cena. Dios, a veces Ellie era tan presumida como Wanda Kay Moore.

—Jess Oliver Aarons, si pudieras dejar de jugar con esos estúpidos coches e ir a ordeñar la vaca te lo agradecería mucho. *Miss Bessie* no libra los días festivos como tú.

Jess se levantó de un salto, encantado de tener un pretexto para dejar la pista que no podía hacer funcionar como a su padre le hubiera gustado. Su madre no pareció darse cuenta de lo rápido que había respondido, porque comenzó a gimotear.

—No sé qué haría sin Ellie. Es la única de todos mis hijos que se preocupa por mí.

Ellie sonrió, poniendo cara de ángel de plástico, primero a Jess y luego a Brenda, que la miró con expresión de odio.

Leslie debía de estar pendiente de él porque tan pronto como comenzó a cruzar el patio la vio salir a toda prisa de la vieja casa de los Perkins, con el cachorro haciéndola trastabillar al correr en círculos en torno suyo.

Se encontraron en el establo de *Miss Bessie*.

—Creí que no ibas a salir nunca esta mañana.

—Ya sabes, es Navidad.

El *Príncipe Terrien* comenzó a mordisquear las pezuñas de *Miss Bessie*, que pateó molesta. Leslie lo cogió para que Jess pudiera ordeñar. El cachorro se removía, la lamía, casi no la dejaba hablar. Se rió, feliz.

—Perro tonto —dijo con orgullo.

—Sí. —Otra vez parecía Navidad.

La habitación dorada

El señor Burke comenzó a reparar su vieja casa. Como la señora Burke tenía un libro a medio escribir no podía ayudar, de modo que a Leslie le tocó hacer de ayudante. A pesar de saber muchas cosas de música y de política, el señor Burke solía ser muy distraído. Dejaba el martillo para coger «Hágalo usted mismo» y luego no lo encontraba. Leslie tenía facilidad para encontrar las cosas y además a su padre le gustaba estar con ella. Cuando terminaba las clases o era el fin de semana, quería que estuviera con él. Leslie se lo explicó a Jess.

Jess intentaba ir solo a Terabithia pero no se sentía a gusto. Para que hubiera magia tenía que estar allí Leslie. Tenía miedo de destruirlo todo si intentaba hacer la magia él solo porque estaba claro que no se le daba nada bien.

Si volvía a casa su madre le mandaba hacer algo o May Belle quería que jugara con la Barbie. Dios, cómo se arrepintió de haber ayudado a comprar aquella estúpida muñeca. No hacía más que tumbarse en el suelo para empezar a dibujar y ya aparecía May Belle para que colocase bien un brazo o abrochara un vestido a la muñeca. Joyce Ann era todavía más latosa. Le encantaba sentarse de plano en su culo cuando él estaba tumbado boca abajo en el suelo trabajando. Si le gritaba que se largara se metía el dedo índice en un extremo de la boca y chillaba. Cosa que, por supuesto, irritaba a su madre.

—¡Jesse Oliver! Deja a la pequeña en paz. ¿Qué haces tumbado en el suelo sin hacer nada? ¿No te he dicho que no podré hacer la cena si no me cortas leña para la cocina?

A veces se escabullía bajando hasta la vieja casa de los Perkins y se encontraba al *Príncipe Terrien* llorando en el porche donde el señor Burke lo tenía exiliado. El hombre no tenía la culpa. Nadie podía hacer nada con ese animal al lado, que te mordisqueaba y

saltaba para lamerte la mano. Llevaba al *P. T.* de paseo por el campo de más arriba de los Burke. Si hacía un día templado, *Miss Bessie* estaría mugiendo nerviosamente al otro lado de la cerca. Parece que no podía acostumbrarse a los aullidos y mordisqueos. O tal vez era la época del año —los últimos restos del invierno— lo que lo estropeaba todo. Nadie, ni los humanos ni los animales, parecía sentirse feliz.

Salvo Leslie. Se sentía loca de alegría arreglando aquella decrépita ruina de casa. Era feliz siéndole útil a su padre. La mitad de las veces en lugar de estar trabajando se dedicaban a charlar. Estaba aprendiendo, le contaba radiante a Jess durante los recreos, a «comprender» a su padre. A Jess le resultaba tan impensable que sus padres necesitaran comprensión como que la caja fuerte del First National Bank de Millsburg estuviera esperando a que él la robara. Los padres eran lo que eran; y no tenía por qué andar descifrándolos. Era extraño que un señor mayor quisiera ser amigo de su propia hija. Debería tener amigos de su propia edad y dejar que ella tuviera los suyos.

Los sentimientos de Jess hacia el padre de Leslie eran algo así como si tuviera una úlcera en la boca. Cuanto más la mordiera más grande se haría y más le escocería. Continuamente intentas recordar que debes tener los dientes quietos. Y luego, tan seguro como que dos y dos son cuatro, olvidas que tienes ahí una cosa tan tonta y le hincas el diente. Cielos, cómo le molestaba aquel hombre. Hasta le envenenaba el poco tiempo que podía pasar con Leslie. Hablaba como una cotorra durante los recreos y era casi como en los viejos tiempos, pero de repente, sin que te lo esperaras, te decía: «Bill piensa esto o lo otro.» Y tú a hincar el diente en la mismísima úlcera.

Por fin, por fin, ella se dio cuenta. Tardó hasta febrero y para una chica tan lista como Leslie era mucho tiempo.

—¿Por qué no te gusta Bill?

—¿Quién te ha dicho que no me gusta?

—Jess Aarons, ¿crees que soy tonta?

Bastante tonta, a veces. Pero lo que en realidad dijo fue:

—¿Por qué crees que no me gusta?

—Porque ya nunca vienes a casa. Al principio creí que era por algo que te había hecho. Pero no es eso. Sigues hablando conmigo en la escuela. Muchas veces te veo en el campo, jugando con el *P. T.*, pero ni siquiera te acercas a la puerta.

—Siempre estás ocupada.

Estaba incómodo porque pensó que eran palabras más propias de Brenda que de él.

—Bueno, ¡qué tontería! Podías ofrecerte a echar una mano, sabes.

Fue como si las luces volvieran a encenderse después de una tormenta eléctrica. Dios, ¿cuál de los dos era más tonto?

Pero con todo, le costó algunos días sentirse a gusto con el padre de Leslie. Parte de su problema era que no sabía cómo llamarle. Cuando decía «oye», tanto Leslie como su padre se volvían hacia él.

—Oh, señor Burke.

—Prefiero que me llames Bill, Jess.

—Vale.

Durante un par de días vaciló cada vez que tenía que decir el nombre, pero, no obstante, con la práctica le salió con más facilidad.

También le ayudó el que Bill, a pesar de su inteligencia y de sus libros, no supiera hacer algunas cosas. Jess se dio cuenta de que podía serle útil, que no lo consideraba un estorbo que tienes que aguantar o que destierras al porche como al *P. T.*

—Eres sorprendente —le decía Bill—. ¿Dónde aprendiste a hacer esto, Jess?

Jess nunca estaba muy seguro de cómo había aprendido las cosas, así que se encogía de hombros y dejaba que Bill y Leslie cantasen sus alabanzas, aunque el trabajo por sí sólo valiera, sin necesidad de alabanzas.

Primero arrancaron las tablas que tapiaban la vieja chimenea y al dejar al descubierto los mohosos ladrillos se entusiasmaron como dos buscadores de oro que han encontrado el filón principal. Después quitaron el papel pintado que había en las paredes del salón, levantando una por una aquellas chillonas capas. A veces, mientras chapuceaban o pintaban cuidadosamente, escuchaban los discos de Bill o cantaban, Leslie y Jess enseñando a Bill las canciones de la señorita Edmunds o éste enseñándoles alguna de las que sabía. Otras veces se dedicaban a hablar. Jess escuchaba con admiración mientras Bill explicaba las cosas que pasaban en el mundo. Si mamá le pudiera oír juraría que era igual que Walter Cronkite* y no un hippie. Todos los Burke eran inteligentes. No inteligentes, quizás, en el sentido de poder arreglar o cultivar cosas, sino inteligentes de una forma que Jess nunca había conocido. Por ejemplo, un día, cuando estaba trabajando, Judy se puso a leerles en voz alta, casi todo poesía y una parte en italiano que Jess, desde luego, no entendió, pero su cabeza se sumergió en el armonioso sonido de las palabras y se dejó envolver tibiamente en la sensación de brillantez de los Burke.

Pintaron el salón de color dorado. Leslie y Jess querían que fuera de azul pero Bill se empeñó en que fuera dorado y quedó tan hermoso que se sintieron encantados por haber cedido. El sol, por las tardes, entraba oblicuamente por occidente haciendo que la habitación resplandeciera.

Después, Bill alquiló una máquina de barnizar en Millsburg Plaza y quitaron la pintura negra del suelo dejando al descubierto las anchas tablas de roble, que barnizaron.

—No pondremos alfombras —dijo Bill.

—No —asintió Judy—. Sería como poner un velo sobre el rostro de la Mona Lisa.

Cuando Bill y los niños hubieron terminado de acuchillar las últimas manchas de pintura de las ventanas y limpiado los cristales, llamaron a Judy para que bajara del estudio a verlo. Los cuatro se sentaron en el suelo para contemplarlo. Era magnífico.

Leslie dio un profundo suspiro de satisfacción.

—Me gusta esta habitación —dijo—. ¿No sientes su encanto dorado? Es digna de estar... en un palacio.

Jess la había mirado alarmado y luego sintió alivio. Así de fácil podía una persona contar un secreto. Pero ella no lo había hecho, ni siquiera a Bill y a Judy, y él sabía lo que sentía por sus padres.

Ella debió de notar su angustia porque le hizo un guiño por

* Famoso comentarista de la TV de Estados Unidos.

encima de Bill y de Judy como él mismo se lo hacía a May Belle por encima de la cabeza de Joyce Ann.

A la tarde siguiente llamaron al *P. T.* y se fueron a Terabithia. Había pasado más de un mes desde la última vez que estuvieron allí juntos y a medida que se acercaban al cauce del arroyo aflojaban el paso. Jess no estaba seguro de recordar cómo hacer de rey.

—Llevamos muchos años fuera —susurró Leslie—. ¿Qué tal habrán ido las cosas en Terabithia durante nuestra ausencia?

—¿Dónde hemos estado?

—Luchando contra los hostiles salvajes de nuestra frontera norte —contestó Leslie—. Pero las líneas de comunicación estaban cortadas y por lo tanto carecemos de nuevas de nuestra amada patria desde hace muchas lunas.

—¡Jo! ¿Es así como hablan las reinas?

A Jess le hubiera gustado hacer lo mismo.

—¿Crees que habrá pasado algo malo?

—Tenemos que mostrar valor, mi rey. En efecto, puede que así sea.

Se columpiaron hasta el otro lado del arroyo en silencio. En la otra orilla Leslie recogió dos palos.

—Vuestra ~~espada~~, Señor —murmuró.

Jess movió la cabeza. Se agacharon y fueron a gatas hacia el castillo, como hacen los detectives en la tele.

—¡Escucha, reina! ¡Cuidado! ¡Detrás de ti!

Leslie se volvió y comenzó a batirse con un enemigo imaginario. Luego les embistieron más enemigos y los gritos de una auténtica batalla resonaron por toda Terabithia. El guardián del reino corría alegremente, dando vueltas de cachorro, todavía demasiado joven para comprender los peligros de que estaba rodeado.

—¡Tocan a retirada! —gritó la valerosa reina.

—¡Bravo!

—Arrójales para siempre de manera que nunca más vuelvan a hostigar a nuestro pueblo.

—¡Fuera! ¡Fuera todos! ¡Fuera!

Obligaron al enemigo a retirarse hasta el cauce del arroyo, sudando bajo sus ropas de invierno.

—Por fin en Terabithia reina de nuevo la libertad.

El rey se sentó en un tronco y se limpió la cara, pero la reina no le dejó descansar mucho rato.

—Señor, hemos de ir enseguida al bosque de pinos y dar gracias por vuestra victoria.

Jess la siguió al pinar donde permanecieron en silencio bajo la tenue luz.

—¿A quién damos gracias?

La pregunta provocó una corta vacilación en el rostro de Leslie.

—Oh Dios —comenzó.

Estaba más en su elemento con la magia que con la religión.

—Oh vosotros, Espíritus del Bosque.

—Vuestro brazo derecho nos ha concedido la victoria.

Jess no se acordaba muy bien dónde había escuchado esas palabras pero le parecían apropiadas.

Leslie le lanzó una mirada de aprobación. Después dijo:

—Ahora amparad a Terabithia, a su pueblo y a nosotros, sus soberanos.

Auuuu.

Jess hizo un esfuerzo para no echarse a reír.

—Y a su cachorrito.

—Y al *Príncipe Terrien*, su guardián y bufón, amén.

—Amén.

Los dos consiguieron reprimir las risas hasta que hubieron salido del lugar sagrado.

Unos días después de su encuentro con los enemigos de Terabithia tuvieron otra clase de encuentro muy diferente en la escuela. En el recreo, Leslie le contó a Jess que cuando iba a entrar en el servicio de las chicas se detuvo al oír a alguien llorando en uno de los retretes. Bajó la voz.

—Te va a parecer increíble —dijo—, pero por los pies estoy segura de que se trataba de Janice Avery.

—Déjate de bromas.

La visión de Janice Avery sentada en la taza de un retrete llorando era demasiado para la imaginación de Jess.

—Bueno, es la única en esta escuela que tiene el nombre de Willard Hughes escrito en sus playeras y tachado. Además, había tanto humo dentro que para entrar tendrías que llevar una máscara de gas.

—¿Estás segura de que estaba llorando?

—Jess Aarons, sé cuándo alguien está llorando.

Dios, ¿qué le pasaba? Janice Avery se lo había hecho pasar muy mal y ahora se sentía responsable de ella: como si se tratara de uno de esos lobos grises o de las ballenas varadas de los Burke.

—Ni siquiera echó una lágrima cuando le tomaron el pelo después de lo de la nota de Willard.

—Sí, lo sé.

El la miró.

—Bueno —dijo—, ¿qué vamos a hacer?

—¿Hacer? —preguntó ella—. ¿Qué quieres decir con qué vamos a hacer?

¿Cómo explicárselo?

—Leslie, aunque fuera un animal de rapiña tendríamos que ayudarle.

Leslie le miró divertida.

—Pues eres tú el que siempre me dices que ando preocupándome de cosas.

—Pero, ¿y Janice Avery? Si llora es que le ha pasado algo muy grave.

—Bueno, ¿y qué piensas hacer?

Se ruborizó.

—A mí no me dejan entrar en el servicio de las chicas.

—Oh, comprendo. Me quieres hacer entrar en la boca del lobo. No gracias, señor Aarons.

—Leslie, te lo juro, si pudiera entrar lo haría. —Estaba realmente convencido de lo que decía—. No le tienes miedo, ¿verdad, Leslie?

No tenía intención de desafiarla, simplemente le desconcertaba la idea de que Leslie pudiera tener miedo.

Los ojos de Leslie comenzaron a echar chispas y levantó la cabeza de aquel modo tan orgulloso que tenía.

—Bueno, voy a entrar. Pero quiero que sepas, Jess Aarons,

que creo que es la idea más disparatada que has tenido en toda tu vida.

La siguió con cautela por el pasillo y se escondió en el hueco más cercano al servicio de las chicas. Debía quedarse allí por lo menos para recoger a Leslie cuando Janice la echara a patadas.

Hubo un minuto de silencio cuando la puerta se cerró tras Leslie. Después escuchó a Leslie diciéndole algo a Janice. Luego vino un rosario de palabrotas dichas en voz alta y que a pesar de que la puerta estaba cerrada se oyeron perfectamente. Después fuertes sollozos, no de Leslie, gracias a Dios, y luego más sollozos y palabras, todo mezclado, y el timbre.

Tenía que evitar que le cogieran mirando a la puerta del servicio de las chicas, pero ¿cómo irse? Sería una deserción. El montón de chicos que entraban en el edificio lo resolvió todo. Dejó que la manada lo absorbiera y fue hacia la escalera del sótano, todavía mareado por el sonido de las palabrotas y de los sollozos.

Una vez en la clase de quinto clavó los ojos en la puerta aguardando a Leslie. No le hubiera extrañado demasiado verla entrar hecha cisco, como si fuera el coyote de *Correcaminos*.

En cambio, entró sonriente, sin ni siquiera un ojo hinchado. Se fue como flotando hacia la señora Myers y le explicó en voz baja por qué había llegado tarde y la señora Myers le lanzó la sonrisa que ya empezaban a llamar «especial para Leslie Burke».

¿Cómo averiguaría lo que había pasado? Si intentaba pasarle una nota los otros chicos la leerían. El pupitre de Leslie estaba en el rincón de enfrente, lejos de la papelera y del sacapuntas, así que tampoco podía hacer como que iba a esos sitios y hablar con ella disimuladamente. Y ella tampoco le miró. Estaba sentada muy tiesa en su asiento, con la cara de contento de un motociclista después de saltar por encima de catorce camiones.

Leslie siguió sonriendo de satisfacción toda la tarde y hasta en el autobús donde Janice Avery le echó una media sonrisa cuando pasó a su lado para dirigirse a su asiento en la parte de atrás. Leslie miró a Jess como si dijera «¿Ves?». Estaba loco de ganas de saber qué había ocurrido. Ella retrasó la cosa haciéndole sufrir una vez que el autobús hubo arrancado, señalando a May Belle con la cabeza como si dijera: «No podemos hablar de este asunto delante de una niña».

Por fin, en la seguridad del castillo, se lo contó.

—¿Sabes por qué lloraba?

—¿Cómo voy a saberlo? Dios, Leslie, ¿quieres contármelo? ¿Qué demonios pasó allí dentro?

—Janice Avery es muy desgraciada. ¿Te das cuenta?

—Por Dios, ¿por qué lloraba?

—Es una situación muy complicada. Ahora entiendo por qué Janice Avery tiene tantos problemas para relacionarse con otras personas.

—Si no me cuentas qué pasó me va a dar un ataque.

—¿Sabes que su padre le pega?

—Hay muchos padres aquí que pegan a sus hijos. *¿Quieres continuar?*

—No, lo que quiero decir es que le da verdaderas palizas. Esas palizas que en Arlington llevarían a la cárcel al que las diera.

Sacudió la cabeza incrédulamente.

—No puedes imaginarte siquiera...

—¿Por eso lloraba? ¿Sólo porque su padre le da palizas?

—Oh, no. Recibe palizas cada dos por tres. No lloraría en la escuela por eso.

—Bueno.

Dios, qué bien se lo estaba pasando Leslie. Iba a seguir jugando a un tira y afloja.

—Pues hoy estaba tan enfadada con su padre que se lo contó a sus supuestas amigas Wilma y Bobby Sue. Y esas dos, esas dos —no encontraba una palabra lo suficientemente abominable para calificar a las amigas de Janice Avery—, esas dos chicas se han dedicado a chismorrearlo por toda la clase de séptimo.

Sintió lástima por Janice Avery.

—Hasta la profesora lo sabe.

—Vaya.

La palabra le salió en forma de suspiro. Había una regla en Lark Creek a la que el señor Turner daba más importancia que a ninguna otra. Esa regla consistía en que nunca se debían mezclar los problemas domésticos con la vida de la escuela. Si los padres eran pobres, ignorantes o malvados, o incluso aunque no tuvieran televisión en casa, sus hijos debían protegerlos Mañana todos los chicos y profesores de la Escuela Primaria de Lark Creek estarían hablando medio en broma del padre de Janice Avery. Aunque sus propios padres estuvieran en hospitales del Estado o en prisiones federales, sus hijos no les hubieran traicionado y Janice sí.

—¿Sabes lo que pasó después?

—¿Qué?

—Le conté a Janice lo que me pasó cuando dije que no tenía un televisor en casa y todos se rieron. Le dije que comprendía qué se siente cuando todo el mundo piensa que eres un bicho raro.

—-¿Y qué te contestó?

—Sabía que lo que decía era verdad. Hasta me pidió consejo como si fuera una de esas personas de los consultorios de la radio.

—¿De veras?

—Le dije que tenía que fingir que no tiene ni la más mínima idea de lo que Wilma y Bobby Sue andan diciendo ni de dónde sacaron una historia tan fantástica, y entonces todos se olvidarán del asunto en una semana...

Se inclinó hacia delante, bruscamente inquieta.

—¿Crees que han sido buenos consejos?

—Dios, ¿cómo voy a saberlo? ¿Se sintió mejor después?

—Creo que sí. Parecía sentirse mejor.

—Entonces fueron unos consejos estupendos.

Se echó hacia atrás, contenta, tranquila.

—¿Sabes una cosa, Jess?

—¿Qué?

—Gracias a ti tengo ahora un amigo y medio en la escuela de Lark Creek.

Le dolió que significara tanto para Leslie tener amigos. ¿Cuándo aprendería que no merecían la pena?

—Oh, tienes más amigos.

—Qué va. La Myers Boca de Monstruo no cuenta.

Allí, en su lugar secreto, sus sentimientos hervían dentro de él como un guisado en la lumbre; algunos eran tristes por su soledad, pero también había rastros de felicidad. Poder ser su único amigo en el mundo como ella lo era para él, le llenaba de satisfacción.

Por la noche, cuando iba a meterse en la cama, le sorprendió la aguda voz de May que le susurró:

—Jess.

—¿Por qué estás aún despierta?

—Jess. Sé dónde Leslie y tú tenéis vuestro escondite.

—¿Qué quieres decir?

—Os seguí.

Se arrimó a su cama de un salto.

—¡No tienes por qué seguirme!

—¿Y por qué no? —preguntó ella con voz respondona.

La agarró por los hombros y la obligó a mirarle a la cara. Parpadeó en la penumbra como una gallina asustada.

—Escúchame, May Belle Aarons —susurró con ferocidad—. Si te pillo siguiéndome otra vez, tu vida no vale un comino.

—Vale, vale —se deslizó a la cama—. Qué malo eres. Debería chivarme a mamá.

—Mira, May Belle. No puedes hacer eso. No te puedes chivar a mamá de adónde vamos Leslie y yo.

Su respuesta fue sorberse los mocos.

Volvió a agarrarla por los hombros. Estaba preocupado.

—Lo digo en serio, May Belle. ¡No digas ni una palabra a nadie! —La soltó—. No se te ocurra ni seguirme *ni* chivarte a mamá, nunca jamás, ¿me oyes?

—¿Por qué no?

—Porque si lo haces le contaré a Billy Jean Edwads que todavía te sigues meando a veces en la cama.

—¡No lo harás!

—Escucha, pequeña, mejor será que no me tientes.

Le hizo jurar sobre la Biblia que jamás lo contaría ni volvería a seguirle, pero fue incapaz de coger el sueño en mucho tiempo. ¿Cómo se le podía confiar todo lo que le importaba a uno a una respondona de seis años? A veces le parecía que su vida era tan delicada como la de una flor. Un soplido un poco fuerte y se caería en pedazos.

OCHO

Pascua

A unque ya era casi Pascua todavía no hacía calor suficiente como para dejar a *Miss Bessie* al aire libre por las noches. Y llovía. Durante todo el mes de marzo llovió a cántaros. Por primera vez en años el agua llenó el cauce del arroyo y no era sólo un hilillo sino la suficiente como para que cuando cruzaban por encima, columpiándose, sintieran un poco de miedo al mirar el agua corriendo por debajo.

Jess pasaba al *Príncipe Terrien* dentro de su chaqueta pero el animal crecía con tal rapidez que en cualquier momento podía estallar la cremallera, caer al agua y ahogarse.

Ellie y Brenda ya andaban peleándose a ver qué ropa iban a llevar para acudir a la iglesia. Desde que su madre se había enfadado con el predicador hacía tres años, el único día en que los Aarons iban a la iglesia era el domingo de Resurrección y eso era un acontecimiento muy importante. Su madre siempre decía que no tenían dinero pero invertía tanta imaginación y dinero como lograba reunir para asegurarse de que la ropa que llevaba la familia no le diera vergüenza. Pero el día que tenía pensado llevarlos a todos a Millsburg Plaza para comprar ropa nueva, su padre volvió de Washington más temprano. Lo habían despedido. Este año no habría ropa nueva.

Ellie y Brenda comenzaron a aullar como dos sirenas cuando hay incendio.

—No me puedes obligar a ir a la iglesia —dijo Brenda—. No tengo nada que ponerme y tú lo sabes.

—Eso es porque estás demasiado gorda —murmuró May Belle.

—¿Has oído lo que ha dicho, mamá? Voy a matar a esta niña.

—Brenda, ¿quieres cerrar el pico? —dijo su madre con severidad. Luego añadió con tono hastiado—: Tendremos que preocuparnos de muchas más cosas que de la ropa de Pascua.

Su papá se levantó ruidosamente y se sirvió café de la cafetera que estaba sobre la estufa.

—¿No podemos comprar algunas cosas a cuenta? —dijo Ellie con voz que quería ser persuasiva.

Brenda interrumpió:

—¿Sabéis lo que hace alguna gente? Compra alguna prenda a cuenta, se la ponen y luego la devuelven diciendo que no es de su talla o algo por el estilo. En las tiendas no les dicen nada.

Su padre se giró lanzando una especie de rugido.

—En mi vida he escuchado semejante tontería. Ya has oído a tu madre, ¡cierra el pico, niña!

Brenda se calló pero hizo estallar con toda su fuerza el globo que formaba con su chicle para demostrarle que no se daba por vencida.

Jess se alegró de poder escaparse al establo y a la complaciente compañía de *Miss Bessie*. Le llamaron:

—¿Jess?

—Leslie, entra.

Primero echó un vistazo y luego se sentó en el suelo cerca de su banqueta.

—¿Qué hay de nuevo?

—Dios, no me preguntes. —Tiró rítmicamente de las ubres y escuchó el *plink, plink, plink* que hacía la leche al caer en el cubo.

—Va todo mal, ¿eh?

—Han despedido a mi padre, y Brenda y Ellie están hechas unas furias porque no hay ropa nueva para Pascua.

—Lo siento mucho... lo de tu padre, quiero decir.

Jess sonrió.

—Sí, desde luego, no me preocupan nada esas dos. Conociéndolas sé que se las arreglarán para sacar ropa de alguien. Te darían ganas de vomitar ver cómo intentan llamar la atención en la iglesia.

—No sabía que fueras a la iglesia.

—Sólo en Pascua. —Se concentró en las calientes ubres—. Me imagino que crees que es una tontería o algo así.

Tardó un minuto en responder.

—Estaba pensando que me gustaría ir.

Dejó de ordeñar.

—A veces no te entiendo, Leslie.

—Bueno, nunca he estado en una iglesia. Sería una experiencia nueva para mí.

Él volvió a su tarea.

—No te gustaría.

—¿Por qué?

—Es aburrido.

—Bueno, prefiero comprobarlo por mí misma. ¿Crees que tus padres me dejarían ir con vosotros?

—No puedes llevar pantalones.

—Jess Aarons, también tengo vestidos.

Un milagro más.

—Oye —dijo Jess—. Abre la boca.

—¿Por qué?

—Tú abre la boca.

Por una vez, ella obedeció. Le envió un chorro de leche caliente a la boca.

—¡Jess Aarons! —Su nombre le salió confuso y la leche le caía por la barbilla al hablar.

—No abras la boca. Desperdicias una leche muy buena.

80

Leslie comenzó a reír, se atragantó y se puso a toser.

—Si pudiera encajar una pelota de béisbol con tanta seguridad. Déjame probar otra vez.

Leslie dominó sus risas, cerró los ojos y abrió solemnemente la boca. Pero ahora le tocaba a Jess reír y no pudo controlar la mano.

—Tonto. Me has dado en la oreja. —Leslie levantó los hombros y se limpió con la manga de su camiseta. Volvió a reír.

—Te agradecería que terminaras de ordeñar y volvieras a casa. Su padre estaba en la puerta.

—Es mejor que me vaya —dijo Leslie en voz baja. Se levantó y se fue hacia la puerta—. Perdóneme.

El padre se hizo a un lado para dejarla pasar. Jess creía que volvería a hablar, pero permaneció allí en silencio un rato más y luego se dio la vuelta y se fue.

Ellie dijo que iría a la iglesia si su madre le dejaba llevar la blusa transparente, y Brenda que iría también si al menos pudieran comprarle una falda. A la postre hubo alguna cosa nueva para todos, excepto para Jess y papá, a los que no les importaba nada, pero a Jess se le ocurrió que eso podía darle un cierto poder de negociación con su madre.

—Ya que no me has comprado nada, ¿puede Leslie ir con nosotros a la iglesia?

—¿Esa chica? —Su madre intentó buscar un buen pretexto para decir que no—. Esa chica no se viste adecuadamente.

—¡Mamá! —puso una voz tan remilgada como la de Ellie—. Leslie tiene vestidos. Centenares.

El flaco rostro de su madre se oscureció. Se mordió el labio inferior como a veces hacía Joyce Ann y habló tan bajo que Jess casi no pudo oírla.

—No quiero que nadie se burle de mi familia.

A Jess le entraron ganas de rodearla con el brazo como hacía con Joyce Ann cuando necesitaba que alguien la consolara.

—No se va a burlar de ti, mamá. De verdad.

Su madre dio un suspiro.

—Bueno, si su aspecto es decente...

Leslie estaba decente. Se había peinado el pelo hacia abajo y llevaba un pichi de color azul y debajo una blusa con florecitas a la moda antigua. Llevaba unos calcetines rojos que le llegaban hasta la rodilla y calzaba unos resplandecientes zapatos de piel marrón, que eran nuevos para Jess porque Leslie siempre llevaba playeras, como todos los niños de Lark Creek. Hasta su comportamiento era decente. Moderó su habitual viveza y contestaba con un «Sí, señora» o «No, señora», como si se diera cuenta de que la madre de Jess temía una falta de respeto. Jess era consciente de los esfuerzos que estaba haciendo Leslie porque no decía «Señora» con naturalidad.

Comparadas con Leslie, Brenda y Ellie parecían dos pavos reales con un falso plumaje. Las dos exigieron ir delante con sus padres en la camioneta, lo cual resultó bastante incómodo dado el peso de Brenda. Jess, Leslie y las pequeñas subieron contentos a la parte trasera y se sentaron sobre unos viejos sacos que el padre había arrimado a la pared de la cabina.

No es que hubiera salido el sol pero como era el primer día en que no llovía desde hacía tiempo cantaron «Oh, Señor, qué mañana», «Ah, hermosos prados» y «¡Canta! Canta una canción» que les había enseñado la señorita Edmunds, y para Joyce Ann «Sonad campanas». El viento se llevaba las voces. Aquello hacía que la música sonara misteriosamente, dando a Jess una sensación de poder sobre las ondulantes colinas que se veían desde la trasera del camión. El viaje se hizo demasiado corto para Joyce Ann, que empezó a llorar porque la llegada interrumpió el primer verso de «Santa Claus llegó a la ciudad» que, después de «Sonad campanas», era su canción preferida. Jess le hizo cosquillas para hacerla reír de nuevo, así que cuando los cuatro bajaron saltando sobre la compuerta trasera tenían las caras enrojecidas y estaban otra vez alegres.

Llegaron un poco tarde, para satisfacción de Ellie y Brenda

que así pudieron dar el espectáculo por el pasillo hasta llegar al primer banco, con la seguridad de que todos los ojos en la iglesia estaban fijos en ellas y que todos expresaban celos. Dios, qué odiosas eran. Y su madre que había temido que fuera Leslie quien les hiciera pasar vergüenza. Jess se encogió de hombros y se deslizó, esforzándose por no llamar la atención, en el banco de detrás de la fila de mujeres y delante de su padre.

La iglesia siempre parecía la misma. Jess podía desconectarla igual que desconectaba las clases en el colegio, con el cuerpo levantándose o sentándose al unísono con el resto de los feligreses, pero con la mente entumecida y flotante, sin pensar ni soñar, pero al menos libre.

Una o dos veces fue consciente de estar de pie en medio de un canto fuerte pero escasamente armonioso. En una zona alejada de su conciencia escuchó a Leslie cantando con los demás y se preguntó, amodorrado, por qué se molestaría en hacerlo.

El predicador tenía una de esas voces llenas de matices. Hablaba en voz rápida, que sonaba normalmente y de repente, ¡zas!, comenzaba a chillarte. Cada vez que eso ocurría Jess pegaba un salto y le costaba varios minutos volver a tranquilizarse. Como no escuchaba las palabras, la cara enrojecida y sudorosa de aquel tipo parecía extrañamente fuera de lugar en aquel aburrido santuario. Era como cuando Brenda cogía una rabieta porque Joyce Ann había andado con su barra de labios.

Costó tiempo arrastrar a Ellie y Brenda fuera del porche de la iglesia. Jess y Leslie se fueron antes y colocaron a las pequeñas en la parte de atrás, sentándose luego a esperar.

—Jo, cuánto me alegro de haber venido.

Jess se volvió hacia ella mirándola incrédulo.

—Es más divertido que una película.

—Lo dices de broma.

—Qué va. —Hablaba en serio. Jess lo supo por su mirada—. Toda esa historia de Jesús es realmente interesante, ¿no te parece?

—¿Qué quieres decir?

—Toda aquella gente que quiso matarle sin que él les hubiera hecho nada.

Vaciló. De verdad que era una historia preciosa: como la de Abraham Lincoln o Sócrates o Aslan.

—No tiene nada de hermosa —interrumpió May Belle—. Da miedo eso de hacer agujeros en las manos de alguien.

—Tienes razón, May Belle. —Jess buscó en las profundidades de su mente—. Dios hizo que Jesús muriera porque nosotros somos unos miserables pecadores.

—¿Crees que eso es verdad?

Se quedó atónito.

—Lo dice la Biblia, Leslie.

Le miró como si estuviera dispuesta a ponerse a discutir con él, pero luego pareció cambiar de opinión.

—Qué locura, ¿verdad? —Leslie sacudió la cabeza—. Tú que tienes que creer la Biblia, la odias. Y yo, que no tengo que creerla, la encuentro preciosa. —Volvió a sacudir la cabeza—. Es cosa de locos.

May Belle bizqueaba como si Leslie fuera algún animal extraño sacado del zoo.

—Tienes que creer en la Biblia, Leslie.

—¿Por qué?

Preguntaba de verdad. Leslie no pretendía dárselas de ingeniosa.

—Si no crees en la Biblia —los ojos de May Belle estaban abiertos como platos—, Dios te condenará al infierno cuando te mueras.

—¿De dónde ha aprendido semejante estupidez? —Leslie miró a Jess como si le fuera a acusar de haberle hecho daño a su hermana.

Jess se sintió enrojecer sin saber qué responder.

Bajó los ojos para mirar el saco de yute y empezó a juguetear con sus deshilachados bordes.

—Es la verdad, ¿no, Jess? —exigió la aguda voz de May Belle—. ¿No te manda Dios al infierno si no crees en la Biblia?

Jess apartó el pelo de su cara.

—Supongo que sí —masculló.

—No lo creo —dijo Leslie—. Ni siquiera creo que hayas leído la Biblia.

84

—La he leído casi entera —dijo Jess, todavía toqueteando el saco—. Es casi el único libro que tenemos en casa. —Levantó la mirada hacia Leslie y medio sonrió.

Ella le sonrió a su vez.

—Vale —dijo—. Pero yo sigo sin creer que Dios se dedique a condenar a la gente al infierno.

Sonriendo intentó no hacer caso de la preocupada vocecita de May Belle.

—Pero Leslie —insistió—. ¿Y si te *mueres*? ¿Qué pasa si te *mueres*?

NUEVE

El maleficio

E l lunes de Pascua comenzó a llover en serio otra vez. Era como si las fuerzas de la naturaleza conspiraran para estropearles su corta semana de libertad. Jess y Leslie estaban sentados con las piernas cruzadas en el porche de los Burke, mirando cómo los neumáticos de un camión salpicaban con agua fangosa.

—Ése no va a más de cincuenta millas por hora —musitó Jess.

En aquel momento algo salió de la ventanilla de la cabina. Leslie se incorporó de un salto.

—¡Cochino! —gritó en dirección a las luces traseras que ya desaparecían.

Jess también se puso de pie.

—¿Qué quieres hacer?

—Lo que quiero es ir a Terabithia —dijo, mirando tristemente caer la lluvia torrencial.

—¡Qué diantre! Vámonos —dijo Jess.

—Vale —respondió ella, repentinamente alegre.

Fue a por sus botas y un impermeable y dudó un momento con respecto al paraguas.

—¿Crees que podremos columpiarnos hasta el otro lado con un paraguas en la mano?

Él negó con la cabeza.

—No.

—Será mejor que pasemos por tu casa a coger tus botas y demás.

Se encogió de hombros.

—Toda mi ropa se ha quedado demasiado pequeña. Iré con lo puesto.

—Voy a buscarte un abrigo viejo de Bill. —Comenzó a subir la escalera.

Judy salió al corredor.

—¿Qué estáis haciendo?

Eran las mismas palabras que podía haber dicho la madre de Jess, sólo que en un tono distinto. Los ojos de Judy estaban como anublados y su voz sonaba distante.

—No queríamos molestarte, Judy.

—No os preocupéis, estaba empantanada en ese momento. Así que es mejor que lo deje. ¿Habéis desayunado?

—No te molestes, Judy. Podemos prepararnos algo.

Los ojos de Judy se aclararon un poco.

—Tienes puestas las botas.

Leslie se miró los pies.

—Oh, sí —dijo, como si acabara de darse cuenta de ello—. Pensábamos salir un momento.

—¿Está lloviendo otra vez?

—Sí.

—A mí me gustaba pasear bajo la lluvia. —La sonrisa de Judy se parecía a la de May Belle cuando dormía—. Bueno, si podéis arreglaros...

—Por supuesto.

—¿Todavía no ha vuelto Bill?

—No. Dijo que no volvería hasta tarde. Que no debemos preocuparnos.

—Bien —contestó—. ¡Oh! —dijo repentinamente y sus ojos se abrieron de par en par—. ¡Oh! —Volvió a su habitación y el golpeteo de la máquina de escribir se reanudó enseguida.

Leslie sonrió.

—Ya no está empantanada.

Se preguntó cómo sería eso de tener una madre cuyas historias estaban dentro de su cabeza en lugar de estar pasando durante todo el día por la pantalla del televisor. Siguió a Leslie que se puso a sacar cosas de un armario. Le entregó un impermeable de color beige y un curioso sombrero redondo de lana negra.

—No hay botas —su voz salía de las profundidades del armario, amortiguada por una hilera de abrigos—. ¿Qué tal un par de pisafuerte?

—¿Un par de qué?

Leslie asomó la cabeza entre los abrigos.

—Zuecos, zuecos.

Se los enseñó. Eran enormes.

—No, los perdería en el barro. Iré descalzo.

—Buena idea —aprobó saliendo de allí—, yo también.

La tierra estaba fría. El barro frío les produjo punzadas de dolor en las piernas, así que corrieron chapoteando en los charcos, llenándose de barro. El *P. T.* brincaba delante de ellos, saltando como un pez de un mar oscuro a otro, luego volviéndose para agrupar a su rebaño, mordisqueando sus talones y salpicando aún más sus ya empapados vaqueros.

Al llegar a la orilla del arroyo se detuvieron. Daba miedo. Era igual que en *Los Diez Mandamientos* que pusieron en la tele, cuando el agua llenó torrencialmente el camino seco hecho por Moisés y barrió a todos los egipcios; el largo cauce se había convertido en un tormentoso mar de casi cuatro metros de ancho, que arrastraba árboles, troncos y basura como si fueran carros egipcios; las aguas hambrientas lamían y a veces rebasaban las orillas, desafiándolas a que intentaran confinarlas.

—Caray —dijo Leslie con respeto.

—Sí. —Jess levantó la vista hacia la cuerda. Seguía colgando de la rama del manzano silvestre. Sintió frío en el estómago—. Lo mejor sería dejarlo.

—Vamos, Jess. Podemos cruzar. —La capucha del impermeable se le había caído hacia atrás y tenía el pelo pegado a la frente. Se limpió las mejillas y los ojos con la mano y luego desenrolló la cuerda. Desabrochó el cuello del abrigo con la mano izquierda—. Aquí —dijo—. Mete al *P. T.* dentro.

—Lo llevaré yo, Leslie.

—Con el impermeable que llevas se te caerá.

Estaba impaciente por cruzar, así que Jess alzó al empapado perro y lo metió de culo en la cueva que formaba el impermeable de Leslie.

—Tienes que sujetarlo con el brazo izquierdo y columpiarte con el derecho, ¿sabes?

—Lo sé, lo sé. —Dio unos cuantos pasos hacia atrás para tomar impulso.

—Agárrate bien.

—No seas pesado, Jess.

Cerró la boca. Quisiera cerrar también los ojos. Pero no lo hizo y la vio tomar impulso, correr hacia la orilla, dar el salto, columpiarse, soltar la cuerda y caer con gracia en la otra orilla.

—Tómala.

Estiró la mano, pero tenía puestos los ojos en Leslie y en el *P. T.* y no se fijó en la cuerda, que se deslizó entre la punta de sus dedos y osciló en un gran arco, fuera de su alcance. Dio un salto y la agarró, olvidándose del ruido y del aspecto del agua, se echó hacia atrás y luego se lanzó con gran fuerza hacia delante. La fría agua del arroyo lamió un instante sus talones descalzos pero enseguida se levantó en el aire, cayendo torpemente de culo. El *P. T.* se subió encima de él inmediatamente, pisoteando con sus patas enlodadas el impermeable beige y raspándole con la rosada lengua el rostro mojado.

Leslie tenía los ojos brillantes.

—Levantaos —le costó contener la risa—, levantaos, rey de Terabithia, y entremos en nuestro reino.

El rey de Terabithia aspiró y se limpió la cara con el dorso de la mano.

—Me levantaré —replicó con dignidad— cuando vos quitéis ese tonto perro de encima de mis tripas.

Fueron a Terabithia el martes y el miércoles. Llovía a intervalos y el miércoles las aguas del arroyo habían alcanzado el tronco del manzano, obligándoles a meterse en el agua hasta los tobillos cuando tomaban carrerilla para volar hacia Terabithia.

Jess hizo todo lo posible por caer de pie en la otra orilla. Estar sentado con unos pantalones fríos y mojados no era muy divertido, ni siquiera en un reino mágico.

A Jess le fue aumentando el miedo a cruzar a medida que crecía el agua del arroyo. Pero Leslie no parecía vacilar, de modo que Jess no podía hacerse el remolón. Pese a que podía obligar a su cuerpo a seguirla, su espíritu se rezagaba, deseoso de agarrarse al manzano silvestre de la misma manera que Joyce Ann lo hacía a las faldas de su madre.

Mientras estaban sentados en su castillo el miércoles, de pronto empezó a llover con tanta fuerza que el agua entró a chorros helados por el tejado de la choza. Jess intentó acurrucarse para evitar lo más desagradable, pero no había forma de escapar de los horribles invasores.

—¿Sabéis lo que pienso, oh rey?

Leslie vació el contenido de una de las latas de café en el suelo y la puso debajo de la gotera más grande.

—¿Qué?

—Me temo que algún malévolo ser ha lanzado una maldición sobre nuestro amado reino.

—Que se vaya a la porra el servicio meteorológico.

A la débil luz Jess vio cómo Leslie ponía su expresión más regia: la que habitualmente reservaba para los enemigos vencidos. Ella no estaba para bromas. Se arrepintió en el acto de su poco majestuoso comportamiento.

Leslie lo pasó por alto.

—Subamos hasta el bosque secreto para indagar de los espíritus qué es ese mal y cómo debemos combatirlo. En verdad sé que no es una lluvia normal la que se abate sobre nuestro reino.

—Tienes razón, reina —masculló Jess, y se arrastró fuera del castillo.

En el pinar hasta la lluvia perdía su fuerza torrencial. Sin la filtrada luz del sol se estaba casi a oscuras y el sonido de la lluvia contra las ramas altas de los pinos llenaba el bosque de una extraña música discordante. Jess sentía el miedo en su estómago, como si fuera un pedazo de rosquilla fría, sin digerir.

Leslie alzó los brazos y se encaró con la bóveda verde oscuro.

—Oh vosotros, espíritus del bosque —comenzó solemnemente—. Venimos de nuestro reino, que está bajo el hechizo de alguna fuerza malévola, desconocida. Dadnos, os suplicamos, la sabiduría para comprender ese mal y el poder para vencerlo. —Dio un codazo a Jess.

Éste levantó los brazos.

—Hummm, uh. —Sintió de nuevo el duro codo de Leslie—. Hummm. Sí. Por favor. Escuchadnos, vosotros, espíritus.

Leslie pareció quedar satisfecha. Al menos no le propinó más codazos. Permanecía allí tranquilamente de pie, como si escuchara a alguien hablándole. Jess tiritaba, tal vez por el frío o por aquel

lugar, no lo sabía. Se alegró cuando ella se dio la vuelta para salir del bosque. Lo único en que podía pensar era en ropa seca y en un café caliente y tal vez estar sentado un par de horas delante de un televisor. Estaba claro que no era digno de ser rey de Terabithia. ¿Quién ha oído hablar de un rey que tiene miedo de los árboles altos y de un poco de agua?

Se columpió hasta la otra orilla tan a disgusto consigo mismo que casi olvidó su miedo. En la mitad del vuelo miró hacia abajo y le sacó la lengua a las aguas que rugían debajo. «*Al lobo no le tememos. Tra-la-la-la-la*», se dijo, y luego levantó la vista rápidamente para mirar al manzano silvestre.

Subiendo lentamente la colina en medio del lodo y de las hierbas aplastadas, pisaba fuerte con sus pies descalzos.

—¿Por qué no nos cambiamos y vemos la tele en tu casa?

A él le entraron ganas de abrazarla.

—Haré café—dijo alegremente.

—¡Yujúuu! —dijo ella sonriendo, y echó a correr hacia la vieja casa de los Perkins, con aquella manera de correr tan hermosa, tan llena de gracia, que ni el agua ni el lodo podían estropear.

Cuando Jess se acostó el miércoles por la noche le pareció que podía estar tranquilo, que todo iba a ir bien, pero se despertó de madrugada con la terrible sensación de que seguía lloviendo.

Sencillamente, tendría que decirle a Leslie que no iría a Terabithia. Después de todo, ella le había dicho lo mismo cuando estaba arreglando la casa con su padre. Y no le hizo preguntas. Lo peor no era que le fastidiara contar a Leslie que tenía miedo, sino tenerlo de verdad. Era como si lo hubieran hecho sin una pieza grande, como uno de esos rompecabezas de May Belle donde había un hueco en el lugar donde tenía que estar el ojo y la mandíbula de alguien. Caray, hubiera sido mejor nacer sin un brazo que sin tripas. Casi no pudo pegar ojo en lo que quedaba de noche, escuchando la espantosa lluvia y sabiendo que por mucho que subiera el agua del arroyo, Leslie seguiría deseando cruzarlo.

DIEZ

El día perfecto

O yó a su padre arrancar la camioneta. Aunque no tenía un trabajo adonde acudir salía todas las mañanas temprano a buscarlo. A veces no hacía más que pasar el día entero en la oficina de colocación; en los días con suerte lo mandaban a descargar muebles o a hacer limpieza.

Jess estaba despierto. Sería mejor levantarse. Podría ordeñar a *Miss Bessie* para acabar de una vez con eso. Se puso la camiseta y el mono por encima de la ropa interior con la que dormía.

—¿A dónde vas?

—Vuélvete a dormir, May Belle.

—No puedo. La lluvia hace demasiado ruido.

—Pues entonces, levántate.

—¿Por qué eres tan antipático?

—¿Quieres callarte, May Belle? Vas a despertar a toda la casa con tus voces.

Joyce Ann hubiera gritado, pero May Belle puso mala cara.

—Oh, ven —dijo—. Sólo voy a ordeñar a *Miss Bessie*. Después tal vez podamos ver los dibujos animados si ponemos muy bajo el sonido.

May Belle era tan flacucha como Brenda era gorda. En un momento se levantó, llevando sólo la ropa interior, pálida y con carne de gallina. Tenía todavía los ojos soñolientos y sus cabellos de un castaño claro le caían en mechones como si fuera el nido de una ardilla en invierno. «Seguro que es la niña más fea del mundo», pensó Jess, mirándola con cariño.

Ella le tiró los vaqueros a la cara.

—Se lo voy a contar a mamá.

Le devolvió los vaqueros.

—¿Contar qué?

—Cómo me miras cuando no llevo la ropa puesta.

Dios. Creía que lo pasaba bien.

—Pues sí —dijo dirigiéndose hacia la puerta para que no pudiera tirarle otra cosa.

—Una niña tan guapa como tú. No puedo dejar de mirarte. —La oyó reírse mientras cruzaba la cocina.

El establo olía, como siempre, a *Miss Bessie*. Jess hizo una especie de cloqueo para moverla y colocó la banqueta junto a su costado y el cubo debajo de sus ubres moteadas. La lluvia que golpeaba el tejado metálico del establo producía un contra-ritmo con el retintín del cubo. Si dejara de llover... Apoyó la frente en el cálido pellejo de *Miss Bessie*. Se preguntó tontamente si las vacas podrían tener miedo, miedo de verdad. Había visto a *Miss Bessie* alejarse nerviosamente del *P. T.* pero eso era diferente. Un cachorro ladrándote a los talones es una amenaza inmediata, pero la diferencia entre él y *Miss Bessie* consistía en que cuando el *P. T.* no estaba a la vista ella se mostraba totalmente contenta, masticando soñolienta. No se pasaba el tiempo mirando a la vieja casa de los Perkins, haciéndose preguntas y preocupado. No sentía como él la angustia royéndole el estómago.

Acarició con la frente el costado de la vaca y suspiró. Si en verano el arroyo seguía llevando agua pediría a Leslie que le enseñara a nadar. «¿Qué te parece?», se dijo. Voy a tomar a ese estúpido terror por los hombros y sacudirlo hasta que se quede tonto. Quizás hasta aprenda pesca submarina. Se estremeció. Quizás había nacido sin tripas, pero no quería morir sin ellas. Tal vez debiera ir a la facultad de Medicina y pedirles que le hicieran un trasplante de tripas. No, doctor, el corazón me funciona de maravilla. Lo que necesito es un trasplante de *tripas*. ¿Qué le parece? Sonrió. Tendría que contarle a Leslie lo de querer un trasplante de tripas. Bobadas de ese tipo le gustaban. Desde luego —detuvo el ritmo de ordeñar el tiempo suficiente para apartarse los cabellos del rostro—, lo que realmente necesito es un trasplante de cerebro. Conozco a Leslie. Sé que no se enfadará ni se burlará de mí cuando le diga que no quiero volver a cruzar hasta que las aguas hayan bajado. Sólo tengo que decir: «Leslie, no quiero cruzar hoy». «¿Por qué no?» «Porque, porque, porque...»

—Te he llamado ya tres veces.

May Belle imitaba el estilo más remilgado de Ellie.

—¿Llamarme para qué?

—Una señora quiere hablar por teléfono contigo. He tenido que vestirme para venir a buscarte.

Nunca le llamaba nadie. Leslie le había llamado exactamente una vez y Brenda le había dado tanto la lata con lo de que había sido su «amada» que Leslie decidió que era más sencillo ir a su casa a buscarle cuando quería hablar con él.

—Por la voz podría ser la señorita Edmunds.

Era la señorita Edmunds.

—¿Jess? —su voz fluía por el auricular—. Hace un tiempo espantoso, ¿no?

—Sí, señorita. —No se atrevió a decir más por miedo a que le oyera temblar.

—Tenía pensado ir en coche a Washington, a visitar el Smithsonian o la National Gallery. ¿Te gustaría acompañarme?

Sudaba frío.

—¿Jess?

—Sí, señorita. —Intentó tomar aliento para seguir hablando.

—¿Te gustaría ir conmigo?

Dios.

—Sí, señorita.

—¿Necesitas permiso para venir? —preguntó con suavidad.

—Sí, sí, señorita.

Sin darse cuenta se encontró enredado con el cable del teléfono. Se desenredó, puso a un lado el auricular sin hacer ruido y se fue de puntillas a la habitación de sus padres. La espalda de su madre formaba una joroba debajo de la manta de algodón. Tocó ligeramente su hombro.

—¿Mamá? —dijo casi susurrando. Quería pedirle permiso sin realmente despertarla. Probablemente diría que no si se despertaba y lo pensaba.

Su madre se sobresaltó pero volvió a tranquilizarse, sin despertarse del todo.

—La profesora quiere que vaya con ella a Washington, al Smithsonian.

—¿Washington? —Las sílabas le salían confusas.

—Sí. Una cosa para las clases. —Le pasó la mano por el brazo—. No volveré muy tarde. ¿Vale?

—Hummm.

—No te preocupes. Ya he ordeñado.

—Hummm. —Se subió la manta hasta las orejas y se puso boca abajo.

Jess volvió, sin hacer ruido, al teléfono.

—Sí, señorita Edmunds, puedo ir.

—Estupendo. Te recogeré dentro de veinte minutos. Dime cómo puedo llegar a tu casa.

Al ver entrar su coche, Jess salió disparado por la puerta de la cocina, bajo la lluvia, y se encontró con ella a medio camino. Ya le daría más detalles May Belle a su madre cuando estuviera a salvo en la carretera. Se alegró de que May Belle tuviera toda su atención puesta en la tele. No tenía ganas de que fuera a despertarla antes de que él se hubiera marchado. Tuvo miedo de mirar hacia atrás hasta cuando ya estaba en el coche y en la carretera pensando que iba a aparecer su madre gritando detrás de él.

No se le ocurrió hasta que el coche hubo pasado Millsburg que podía haberle preguntado a la señorita Edmunds si Leslie podía venir. Pero cuando lo pensaba no podía menos de sentir un secreto placer al encontrarse a solas con la señorita Edmunds en su bonito automóvil. Conducía con mucho cuidado, las manos asiendo la parte superior del volante, mirando fijamente hacia delante. Las ruedas canturreaban y los limpiaparabrisas oscilaban a un alegre ritmo. El coche estaba caliente y lleno del olor de la señorita Edmunds. Jess iba sentado con las manos apretadas entre las rodillas, el cinturón de seguridad sujetándole por el pecho.

—Maldita lluvia —dijo ella—, me voy a volver loca de tanto no poder salir.

—Sí, señorita —dijo contento.

—Tú también, ¿eh? —Le lanzó una rápida sonrisa.

Su proximidad le mareaba. Asintió con la cabeza

—¿Conoces la National Gallery?

—No, señorita. —Ni siquiera conocía Washington, pero esperaba que no se lo preguntara.

Ella volvió a sonreírle.

—¿Es la primera vez que visitas una galería de arte?

—Sí, señorita.

—Estupendo —dijo—. Mi vida ha valido para algo.

No la entendió, pero tampoco le importó. Sabía que estaba contenta con él y eso era suficiente.

Pese a la lluvia pudo divisar los monumentos que, sorprendentemente, se parecían a las reproducciones de los libros: la mansión de Lee en la colina, el puente, y luego dieron la vuelta a la plaza dos veces para que pudiera ver a Abraham Lincoln contemplando la ciudad, la Casa Blanca y el Monumento, y en el otro extremo el Capitolio. Leslie había visto todas esas cosas un millón de veces. Hasta tuvo una compañera de clase cuyo padre era congresista. Pensó que tal vez debería decirle más tarde a la señorita Edmunds que Leslie era amiga personal de un auténtico congresista. A la señorita Edmunds siempre le había caído bien. Entrar en la galería era como meterse en un pinar: el enorme mármol abovedado, el fresco chapoteo de la fuente y el verde que crecía por todos lados. Dos niños se habían escapado de su madre y corrían y gritaban. A Jess le entraron ganas de agarrarlos y decirles cómo debían comportarse en un lugar que indudablemente era sagrado.

Y luego los cuadros, sala tras sala, planta tras planta. Se embriagó del color, de la forma y de la amplitud, y con la voz y el perfume de la señorita Edmunds siempre a su lado. Ella se inclinaba de vez en cuando para darle alguna explicación o para hacerle una pregunta, sus cabellos negros cayéndole sobre los hombros. Los hombres se fijaban más en ella que en los cuadros y Jess pensaba que tenían celos de él.

Almorzaron tarde en la cafetería. Cuando ella habló del almuerzo se quedó horrorizado pensando que necesitaría dinero y no sabía cómo decirle que no llevaba, ni siquiera lo tenía.

—Ahora no vamos a discutir quién paga. Soy una mujer liberada, Jess Aarons. Cuando invito a un hombre a salir conmigo pago yo.

Intentó buscar la manera de protestar sin que después le presentaran la cuenta, pero no pudo y terminó tomando una comida de tres dólares, mucho más de lo que tenía intención de pedir. Mañana le preguntaría a Leslie cómo debía de haber hecho las cosas.

Después del almuerzo se fueron a paso rápido bajo la llovizna hasta la Smithsonian para ver a los dinosaurios y a los indios. Encontraron una exposición que representaba una escena en miniatura de unos indios disfrazados con pieles de búfalo asustando a una manada para que se precipitara por un acantilado donde, abajo, les esperaban más indios para matarlos y despellejarlos. Era una espeluznante versión en tres dimensiones de algunos de sus propios dibujos. Se asustó de la afinidad que sentía con ellos.

—Fascinante, ¿no te parece? —añadió la señorita Edmunds, cuyos cabellos rozaron su mejilla cuando se inclinó para mirar.

Se tocó la mejilla.

—Sí, señorita —pero se dijo a sí mismo: *Creo que no me gusta,* pese a que siguió allí como fascinado.

Al salir del edificio resplandecía un magnífico sol primaveral. Jess parpadeó ante la luz.

—¡Bau! —dijo la señorita Edmunds—. Un milagro, ¡he aquí el sol! Ya estaba empezando a creer que estábamos en una cueva y que nunca saldríamos de ella, como en el mito japonés.

Se sintió bien otra vez. Durante todo el viaje de regreso la señorita Edmunds le contó graciosas historias sobre su año de universidad en Japón, donde todos los muchachos eran más bajos que ella y no sabía cómo utilizar sus retretes.

Estaba tranquilo. Tenía tantas cosas que contarle a Leslie y también tantas que preguntarle. No le importaba que su madre pudiera estar enfadada. Ya le pasaría. Y había merecido la pena.

Ese día perfecto de su vida había valido lo que tuviera que pagar por él.

En la cuesta antes de la casa de los Perkins dijo:

—Bajaré aquí, señorita Edmunds. Es mejor que no entre. Podría hundirse en el barro.

—Muy bien, Jess —asintió. Se detuvo a un lado del camino—. Gracias por este día tan maravilloso.

El sol poniente se reflejaba en el parabrisas, deslumbrándole.

—No, señorita —su voz sonó chillona y extraña. Carraspeó—. No, señorita, gracias a *usted*. Bueno...

No quería marcharse sin darle las gracias de verdad pero no le salían las palabras. Más tarde, por supuesto, le saldrían, cuando estuviera en la cama o en el castillo.

—Bueno.

Abrió la puerta y salió.

—Hasta el viernes.

Ella movió la cabeza, sonriendo.

—Hasta luego.

Miró hasta que el coche desapareció y luego se volvió y corrió con todas sus fuerzas hacia casa; estaba tan alegre que no le hubiera sorprendido que sus pies se despegaran del suelo y saliera flotando sobre el tejado.

Había entrado en la cocina antes de darse cuenta de que algo había ocurrido. La camioneta de su padre estaba aparcada junto a la puerta pero no se fijó hasta que entró en la habitación y los encontró a todos sentados: sus padres y las pequeñas a la mesa de la cocina, Ellie y Brenda en el sofá. No estaban comiendo. No había nada en la mesa. Tampoco estaban mirando la tele. Ni siquiera estaba encendida. Permaneció inmóvil un momento mientras todos le miraban.

De repente su madre soltó un sollozo escalofriante:

—Oh Dios, oh Dios.

Siguió diciéndolo con la cabeza apoyada en los brazos. Su padre se acercó para rodearle torpemente con un brazo, pero sin dejar de mirarle.

—Os dije que se había ido a algún sitio —dijo May Belle con calma y obstinadamente, como si lo hubiera repetido muchas veces sin que nadie la creyera.

Bizqueó con los ojos como si estuviera intentando mirar dentro de un desagüe. No sabía ni qué preguntarles.

—¿Qué...? —empezó.

La voz irritada de Brenda le interrumpió:

—Tu novia ha muerto y mamá creía que tú también habías muerto.

ONCE

¡No!

Algo comenzó a dar vueltas en la cabeza de Jess. Abrió la boca pero estaba seca y no le salió ni una palabra. Miró bruscamente las caras de todos para que alguien le ayudase.

Por fin su padre habló, su enorme mano áspera acariciando el pelo de su mujer con los ojos bajos, fijos en ese movimiento.

—Encontraron a la chica esta mañana en el arroyo.

—No —dijo Jess, encontrando por fin su voz—. Leslie no ha podido ahogarse. Sabía nadar muy bien.

—La vieja cuerda que utilizabais para columpiaros se partió —prosiguió su padre sosegada, implacablemente—. Creen que su cabeza se dio contra algo cuando cayó.

—No —dijo, sacudiendo la cabeza—. No.

Su padre levantó la vista.

—Lo siento muchísimo, hijo.

—¡No! —Jess estaba chillando—. ¡No te creo! ¡Estás mintiendo!

Les miró enloquecido, esperando que alguien le diera la razón. Pero todos tenían la cabeza baja menos May Belle, que tenía los ojos llenos de terror. *Pero, ¿y si te mueres?*

—No —miró a May Belle a la cara—. Es una mentira. Leslie no ha muerto.

Se dio la vuelta y salió dejando que la puerta se cerrase con estrépito. Bajó el camino de arena hacia la carretera y luego comenzó a correr hacia el oeste, en dirección opuesta a Washington y Millsburg: la vieja casa de los Perkins. Un automóvil que se acercaba tocó la bocina y viró y volvió a tocar la bocina, pero casi no lo oyó.

Leslie-muerta-novia-cuerda-rota se cayó tú tú-tú. Las palabras explotaron dentro de su cabeza como palomitas de maíz en la sartén. Siguió corriendo y resbaló, pero no dejó de correr, tenía miedo de detenerse. Sabía que correr era la única cosa que mantendría a Leslie viva. *Dios-muerta-tú-Leslie-tú.* Dependía de él. Tenía que seguir corriendo.

Detrás de él se oía el *parabará* de la camioneta, pero no podía volverse. Tenía que ir más rápido, pero su padre le pasó y detuvo la camioneta un poco más arriba, bajó de un salto y corrió hacia él. Cogió a Jess en sus brazos como si fuera un bebé. Jess pataleó y luchó contra los fuertes brazos, pero se rindió ante el torpor que se apoderó de su cabeza y que salía de un rincón de su cerebro.

Se apoyó contra la puerta de la furgoneta y su cabeza iba chocando contra la ventana. Su padre conducía rígidamente, sin decir una palabra, aunque una vez carraspeó como si pensara decir algo, miró a Jess y cerró la boca.

Cuando se detuvieron junto a la casa, su padre se quedó sentado en silencio y Jess se dio cuenta de la incertidumbre del hombre, así que abrió la puerta y bajó. La sensación de entumecimiento se apoderó de él de nuevo, entró y se tumbó.

Estaba despierto, vuelto en sí de golpe en el oscuro silencio de la casa. Se incorporó, el cuerpo le dolía y tiritaba aunque tenía toda la ropa puesta desde la cazadora a las playeras. Oyó la respiración de las pequeñas, extrañamente fuerte y desigual en el silencio. Algún sueño debía de haberle despertado, pero no recordaba cómo era. Sólo recordaba la sensación de espanto en que había estado sumergido. A través de la ventana sin cortinas se veía la luna rodeada de centenares de estrellas.

Recordó que alguien le había contado que Leslie había muerto. Pero ahora sabía que eso formaba parte de su terrible sueño. Leslie no podía morir, como tampoco él. Pero las palabras daban vueltas en su cabeza como hojas arrastradas por el viento frío. Si se levantara ahora y bajara hasta la vieja casa de los Perkins y llamara a la puerta, Leslie saldría a abrirle con el *P. T.* dando vueltas en torno suyo como una estrella alrededor de la luna. Era una hermosa noche. Tal vez podrían subir la cuesta y cruzar los campos corriendo hacia el arroyo y columpiarse hasta Terabithia.

Nunca había estado allí en la oscuridad. Pero había suficiente luz lunar para encontrar el camino hasta el castillo y podría contarle lo de su día en Washington. Y pedirle perdón. Qué tonto había sido por no preguntar si Leslie podía ir también. Él y Leslie y la señorita Edmunds hubieran podido pasar un día maravilloso, diferente, por supuesto, del día que pasaron él y la señorita Edmunds, pero también muy bueno, perfecto. Las dos se caían muy bien. Qué divertido hubiera sido con Leslie también. *De veras lo siento, Leslie.* Se quitó la cazadora y las playeras y se metió bajo las mantas. *Qué tonto he sido en no preguntar.*

No importa, hubiera dicho Leslie. *He estado en Washington miles de veces.*

¿Viste alguna vez la caza del búfalo?

Resulta que era aquélla la única cosa en todo Washington que Leslie no había visto nunca y pudo contárselo, describiendo a las diminutas bestias lanzándose a la muerte.

¿Sabes una cosa rara?

¿Qué?, preguntó Leslie.

Tuve miedo de ir a Terabithia esta mañana.

El frío que sentía en su estómago amenazó con apoderarse de todo su cuerpo. Se dio la vuelta y se tumbó boca abajo. Tal vez sería mejor no pensar en Leslie ahora mismo. Iría a verla a primera hora de la mañana y se lo explicaría todo. Daría mejores explicaciones a la luz del día cuando se hubiera librado de los efectos de esa pesadilla de la que no se acordaba.

Intentó recordar su día en Washington, fijándose en los detalles de los cuadros y de las estatuas, estrujándose la memoria por recordar el tono de la voz de la señorita Edmunds, rememorando sus propias palabras y las respuestas de ella. A veces lo que había en su mente era una sensación de caída, pero la apartaba con otra imagen o el sonido de otra conversación. Mañana tendría que contarle todo eso a Leslie.

No se dio cuenta de nada más hasta que el sol entró resplandeciente por la ventana. En la cama de las pequeñas sólo quedaban las mantas arrugadas y se oían movimientos y palabras en voz baja en la cocina.

¡Dios! La pobre *Miss Bessie.* Se había olvidado de ella anoche y ahora debía de ser tarde. Buscó las playeras con la mano y metió los pies sin atar los cordones.

Su madre levantó la vista de la cocina tan pronto como le oyó. Tenía cara de querer preguntar algo pero se limitó a saludar con la cabeza.

Volvió a sentir el frío.

—Me olvidé de *Miss Bessie*.

—Papá la está ordeñando.

—También me olvidé anoche.

Ella siguió moviendo la cabeza.

—Papá también lo hizo anoche.

Pero no le acusaba.

—¿Tienes ganas de desayunar?

Tal vez por eso tenía el estómago tan raro. No había probado bocado desde que la señorita Edmunds compró helados para los dos en Millsburg al volver. Brenda y Ellie levantaron la vista para mirarle desde la mesa. Las pequeñas apartaron la vista de los dibujos animados en la tele para mirarle y luego volvieron la vista sin hacer ruido.

Se sentó en el banco. Su madre colocó un plato de tortitas ante él. No se acordaba de la última vez que le había puesto tortitas. Las empapó con sirope y comenzó a comer. Sabían estupendamente.

—Ni siquiera te importa, ¿no?

Brenda le vigilaba desde el otro extremo de la mesa.

La miró confuso, con la boca llena.

—Si Jimmie Dicks estuviera muerto yo sería incapaz de comer nada.

El frío que sentía se encogió y se desplomó.

—¿Quieres callarte la boca, Brenda Aarons?

Su madre se volvió hacia ellas blandiendo la espátula de las tortitas de forma amenazadora.

—Pero, mamá, está ahí sentado, comiendo tortitas como si no hubiera pasado nada. Si fuera yo no dejaría de llorar.

Ellie miró primero a la señora Aarons y luego a Brenda.

—Los chicos no deben llorar en momentos como éstos, ¿no es cierto, mamá?

—Pero no está bien que esté sentado comiendo como un rumiante.

—Te digo, Brenda, que si no te callas...

Las podía oír hablar pero sus palabras le quedaban más lejanas que el recuerdo de su sueño. Comió, masticó y tragó y cuando su madre le sirvió tres tortitas más se las comió también.

Su padre entró con la leche. La vertió con cuidado en las jarras vacías de sidra y las colocó en la nevera. Después se lavó las manos en la pila y se sentó a la mesa. Al pasar al lado de Jess le tocó levemente en el hombro con la mano. No estaba enfadado por haber tenido que ordeñar. Jess casi no se dio cuenta de que sus padres se miraban entre sí y luego a él. La señora Aarons lanzó una severa mirada a Brenda y luego otra al señor Aarons que quería decir que Brenda debía estar callada, pero Jess no pensaba en otra cosa más que en las tortitas y en lo ricas que estaban y que esperaba que su madre le sirviera más. Algo le dio a entender que no debía pedir más, pero se quedó decepcionado cuando no le dieron otra. Entonces pensó que debería levantarse y dejar la mesa, pero no estaba seguro de adónde ir o de qué tenía que hacer.

—Tu madre y yo pensamos que deberíamos bajar hasta la casa de los vecinos y darles el pésame.

Su padre carraspeó.

—Creo que sería bueno que tú vinieras también.

Se detuvo otra vez.

—Eras tú quien conocía a la chiquita.

Jess intentó comprender lo que le decía su padre, pero se sintió como tonto.

—¿Qué chiquita? —lo dijo mascullando, consciente de que no debía de haberlo preguntado. Ellie y Brenda se quedaron boquiabiertas. Su padre se inclinó sobre la mesa y puso su enorme mano sobre la de Jess. Echó a su mujer una mirada rápida, preocupada. Pero ella quedó quieta, con los ojos llenos de dolor, sin decir nada.

—Jess, tu amiga Leslie ha muerto. Tienes que comprenderlo.

Jess apartó la mano, deslizándola de debajo de la de su padre. Se levantó de la mesa.

—Ya sé que no es fácil.

Jess oía cómo le hablaba su padre cuando entró en el dormitorio. Volvió con la cazadora puesta.

—¿Estás preparado?

Su padre se levantó enseguida. Su madre se quitó el delantal y se pasó una mano por el pelo.

May Belle se levantó bruscamente de la alfombra.

—Yo quiero ir también —dijo—. Nunca he visto un muerto.

—¡No!

May Belle volvió a sentarse como abofeteada por la voz de su madre.

—Ni siquiera sabemos dónde está amortajada, May Belle —dijo el señor Aarons con tono más suave.

DOCE

Desamparado

L entamente cruzaron el campo y bajaron la cuesta hasta la vieja casa de los Perkins. Había cuatro o cinco coches aparcados en el exterior. Su padre levantó la aldaba. Jess oyó al *P. T.* ladrando en el fondo de la casa y corriendo hacia la puerta.

—Quieto, *P. T.* —dijo una voz desconocida para Jess—. Baja.

Abrió la puerta un hombre que estaba semi agachado intentando retener al perro. Al ver a Jess, el *P. T.* se soltó y saltó alegremente sobre el chico. Jess le cogió en brazos y le rascó la espalda, como solía hacer cuando era un cachorrito.

—Veo que te conoce —dijo el desconocido, que tenía una extraña media sonrisa en la cara—. Pasen, por favor. —Se hizo a un lado para que los tres pudieran entrar.

Pasaron a la habitación dorada y estaba igual que siempre, sólo que más hermosa porque el sol brillaba a través de las ventanas que daban al sur. Cuatro o cinco personas que Jess nunca había visto estaban allí sentadas, se oían algunos murmullos pero se hablaba poco. No había sitio para sentarse pero el desconocido les trajo sillas del comedor. Los tres se sentaron rígidamente y esperaron sin saber qué.

Una señora mayor se levantó lentamente del sofá y se acercó a la madre de Jess. Tenía los ojos enrojecidos bajo sus cabellos totalmente blancos.

—Soy la abuela de Leslie —dijo, tendiéndole la mano.

Su madre la tomó torpemente.

—Señora Aarons —dijo en voz baja—, de ahí arriba, en la colina.

La abuela de Leslie dio la mano tanto a la madre como al padre de Jess.

—Gracias por su visita —dijo. Luego se volvió hacia Jess—. Tú debes de ser Jess —dijo.

Jess inclinó la cabeza. Los ojos de la anciana se llenaron de lágrimas.

—Leslie me habló de ti.

Durante un momento Jess creyó que le iba a decir algo. No quería mirarla, así que se dedicó a acariciar al *P. T.*, que estaba en su regazo.

—Lo siento —su voz se quebró—. No puedo resistirlo.

El hombre que les había abierto la puerta se le acercó y la rodeó con el brazo. Mientras la llevaba fuera de la habitación, Jess siguió oyéndola llorar.

Se alegró de que se hubiera ido. Qué extraño era ver a una señora como ella llorar. Era como si la señora que hablaba de Polident por la tele se deshiciera en lágrimas. No encajaba. Lanzó una ojeada a la habitación llena de personas mayores con los ojos enrojecidos. *Miradme,* quería decirles. *No lloro.* Una parte suya dio un paso atrás y examinó aquel pensamiento. Era la única persona de su edad que conocía, cuya mejor amiga hubiera muerto. Se sintió importante. El lunes en la escuela probablemente los niños le mirarían susurrando entre sí y le tratarían con respeto: igual que habían tratado a Billy Joe Weems el año pasado cuando su padre murió en un accidente de automóvil. No tendría que hablar con nadie y todos los profesores estarían especialmente simpáticos con él. Hasta mamá obligaría a las niñas a portarse bien con él.

Tuvo un repentino deseo de ver a Leslie amortajada. Se preguntó si estaría en la biblioteca o en una de las funerarias de Millsburg. La enterrarían con sus vaqueros puestos. O tal vez con el pichi azul y la blusa de flores que llevaba en Pascua. Sería bonito. La gente se burlaba de los vaqueros y no quería que nadie se burlara de Leslie cuando estaba muerta.

Bill entró en la habitación. El *P. T.* bajó del regazo de Jess y se fue hacia él. El hombre se inclinó para acariciar el lomo del perro. Jess se levantó.

—Jess.

Bill se le acercó y le abrazó como si fuera Leslie y no Jess. Le abrazó con tal fuerza que un botón de su jersey hacía daño en la frente de Jess, pero por incómodo que se sintiera no se movió.

Sintió que el cuerpo de Bill temblaba y temía que si levantaba la vista le vería llorando también. No quería ver llorar a Bill. Quería marcharse a casa. Se sentía sofocado. ¿Por qué no estaba allí Leslie para sacarlo de esa situación? ¿Por qué no entraba y hacía que todos se riesen otra vez? *Crees que morir y hacer que todos lloren es algo estupendo. Pues te equivocas.*

—Te quería, ¿sabes? —Sabía por la voz que Bill estaba llorando—. Me contó una vez que si no hubiera sido por ti... —la voz se quebró por completo—. Gracias —dijo poco después—. Gracias por haber sido un amigo tan maravilloso para ella.

Bill no parecía el mismo. Parecía salido de una vieja película sentimental. La clase de persona de la que Leslie y Jess se hubieran reído y luego imitado. *Buuuuuuuu, un amigo tan maravilloso de ella.* No pudo evitar separarse un poco para no tener aquel estúpido botón clavado en la frente. Para su alivio, Bill le soltó. Oyó a su padre preguntar discretamente a Bill por «el servicio».

Y a Bill respondiendo serenamente, casi con su voz normal, que había decidido incinerar el cadáver y que llevarían las cenizas a la casa familiar en Pennsylvania al día siguiente.

Incinerada. Jess empezó a atar cabos en su cabeza. Eso quería decir que Leslie se había ido. Hecha cenizas. Nunca volvería a verla. Ni siquiera muerta. Nunca. ¿Cómo se atrevían? Leslie le pertenecía. Más que a cualquier otro en el mundo. Ni siquiera se lo habían preguntado. Ni siquiera se lo dijeron. Y ahora nunca volvería a verla y ellos todo lo que hacían era llorar. No era por ella. No lloraban por Leslie. Si realmente hubieran querido a Leslie no la hubieran traído a un lugar tan espantoso como éste. Tuvo que contenerse para no darle a Bill una bofetada.

Él, Jess, era el único que quería a Leslie de verdad. Pero Leslie le había fallado. Se le ocurrió morirse cuando más la necesitaba. Fue a columpiarse en la cuerda sólo para demostrar que no era ninguna cobarde. *Para que te enteres,* Jess Aarons. Probablemente en ese momento estaba en algún lugar riéndose de él. Burlándose de él como si fuera la señora Myers. Le hizo negar a su antiguo ser y entrar en su mundo y luego, antes de que se acostumbrara a ello, le abandonó, dejándolo desamparado como un astronauta vagando por la Luna. Solo.

Más tarde no se acordó de cuándo dejó la vieja casa de los Perkins, pero recordó que subió corriendo por la cuesta que llevaba a su casa con el rostro bañado por las lágrimas. Entró dando un portazo. May Belle estaba de pie, con los ojos castaños muy abiertos.

—¿La has visto? —preguntó emocionada—. ¿La has visto amortajada?

La golpeó. En la cara. Jamás había golpeado nada con tanta fuerza. Ella resbaló, cayendo con un pequeño grito. Entró en el dormitorio y buscó debajo del colchón hasta encontrar el papel y las pinturas que Leslie le había regalado en Navidades.

Ellie estaba en la puerta, riñéndole. La empujó para salir. Desde el sofá, Brenda también se quejó pero el único sonido que realmente captó su mente fue el lloriqueo de May Belle.

Salió disparado por la puerta de la cocina y bajó al campo hacia el arroyo, sin mirar atrás. El arroyo había bajado un poco desde la última vez que lo había visto. En la rama del manzano silvestre colgaba el extremo deshilachado de la cuerda, moviéndose suavemente. *Ahora soy el más rápido de quinto.*

Dio un grito inarticulado y lanzó el papel y las pinturas a las terrosas aguas. Las pinturas flotaron, arrastradas por la corriente como si fueran barcos, pero los papeles hacían remolinos, empapándose de agua sucia y finalmente se sumergieron. Miró cómo desaparecían. Gradualmente su respiración se hizo más lenta y el corazón latió con menos intensidad. La tierra estaba todavía húmeda de la lluvia pero se sentó. No había adónde ir. Ningún sitio. Nunca más. Apoyó la cabeza en las rodillas.

—Qué cosa más estúpida acabas de hacer.

Su padre se sentó en el barro a su lado.

—Me da igual, me da igual.

Ahora lloraba, con tanta fuerza que apenas podía respirar.

Su padre arrastró a Jess hasta su regazo como si fuera Joyce Ann.

—Lo entiendo —le dijo mientras le daba golpecitos en la cabeza—. Ssss.

—La odio —dijo Jess entre sollozos—. La odio. Me hubiera gustado no verla en mi vida.

Su padre le acariciaba el pelo sin hablar. Jess se serenó. Los dos miraron el agua.

Por fin su padre le dijo:

—Qué infierno es todo, ¿verdad?

Eran palabras que Jess podía haber oído decir a su padre a otro hombre. Le parecieron extrañamente consoladoras y le infundieron valor.

—¿Crees que la gente va al infierno, quiero decir, al infierno de verdad?

—¿Estás preocupado por Leslie Burke? —Por supuesto, resultaba curioso, sin embargo.

—Es que May Belle dijo...

—¿May Belle? May Belle no es Dios.

—Sí, pero, ¿cómo sabes lo que Dios hace?

—Cielos, chico, no seas tonto. Dios no va a enviar a una niña al infierno.

Nunca había pensado que Leslie fuera una niña, pero seguramente Dios sí. No iba a cumplir los once años hasta noviembre. Se levantaron y subieron la cuesta.

—No quería decir lo de odiarla. —Su padre inclinó la cabeza para mostrar que comprendía.

Todos, hasta Brenda, le trataron con ternura. Todos, excepto May Belle, que se le resistía, como si tuviera miedo de él. Quiso pedirle perdón pero no pudo. Estaba demasiado cansado. No tenía fuerzas para pronunciar ni una palabra. Tenía que compensarla de alguna manera pero estaba demasiado cansado para pensar cómo.

Aquella tarde Bill vino a casa. Iban a marcharse a Pennsylvania y preguntó si Jess podría encargarse del perro hasta que regresaran.

—Desde luego.

Se alegró de que Bill quisiera que le ayudara. Temía haberle hecho daño a Bill al escaparse aquella mañana. También se sentía ansioso por saber que Bill no le culpaba de nada. Pero no encontraba palabras para preguntárselo.

Sujetó al *P. T.* e hizo adiós con la mano mientras el polvoriento coche italiano salía a la carretera. Le pareció que contestaban a su saludo, pero estaba demasiado lejos para poder precisarlo con seguridad.

Su madre nunca le había permitido tener un perro, pero no puso pegas al *P. T.* El *P. T.* saltó a su cama y durmió toda la noche acurrucado contra su pecho.

TRECE

La construcción del puente

S e despertó el domingo por la mañana con un sordo dolor de cabeza. Todavía era temprano pero se levantó. Quiso ir a ordeñar. Su padre lo había hecho todos los días desde el jueves por la noche, pero él quería comenzar otra vez a dar normalidad a las cosas. Encerró el *P. T.* en el establo, pero el gimoteo del perro le hizo recordar a May Belle y empeoró su dolor de cabeza. Pero no podía dejar que el *P. T.* ladrara a *Miss Bessie* mientras la ordeñaba.

No había nadie despierto cuando entró con la leche, así que se sirvió un vaso tibio y buscó unas rebanadas de pan. Quería encontrar sus pinturas y pensó en bajar a buscarlas. Soltó al *P. T.* y le dio media rebanada de pan.

Era una preciosa mañana de primavera. Las flores silvestres tempranas moteaban el verde oscuro de los campos, y el cielo estaba despejado y azul. El arroyo había descendido bastante y parecía menos terrorífico que antes. Una gran rama se había varado en la orilla y la arrastró hasta el lugar más estrecho para colocarla de una orilla a otra. La pisó y le pareció firme, así que cruzó, un pie tras otro, hasta la otra orilla, asiéndose a las ramitas que salían de la más grande para mantenerse en equilibrio. No había ni rastro de las pinturas.

Salió un poco más arriba de Terabithia. Si seguía siendo Terabithia. ¡Si se pudiera entrar atravesando sobre una rama en lugar de hacerlo columpiándose! El *P. T.* se quedó al otro lado, gimoteando penosamente. Luego el perro se llenó de valor y cruzó nadando. La corriente lo arrastró más allá de Jess, pero llegó perfectamente al otro lado, se acercó corriendo y se sacudió, salpicándole.

Entraron en el castillo. Era oscuro y húmedo, pero nada daba la impresión de que la reina hubiera muerto. Sintió la necesidad de hacer algo digno. Pero allí no estaba Leslie para decírselo. La ira volvió a estallar dentro de él. Leslie. *No soy más que un idiota y tú lo sabes. ¿Qué debo hacer?*

El frío que sentía le subió hasta la garganta, atragantándolo. Tragó varias veces. Se le ocurrió que probablemente sufría cáncer de garganta. ¿No era uno de los síntomas principales? *Dificultad al tragar.* Comenzó a sudar. No quería morir. Dios, sólo tenía diez años. Su vida acababa de empezar.

Leslie, ¿tuviste miedo? ¿Sabías que te morías? ¿Tenías miedo como yo?

La visión de Leslie succionada por el agua fría pasó velozmente por su cabeza.

—Vamos, *Príncipe Terrien* —dijo en voz bastante alta—, tenemos que hacer una corona para la reina.

Se sentó en un claro, entre la orilla y los primeros árboles, y formó una corona con una rama de pino, atándola con una cuerda mojada que encontró en el castillo. Como tenía un aspecto frío y verdoso recogió claytonias del bosque para entrelazarlas con las agujas. La puso en el suelo. Un cardenal se posó en la orilla, ladeó su brillante cabeza y pareció mirar fijamente a la corona. El *P. T.* soltó un gruñido que sonó como un ronroneo.

Jess puso una mano sobre el lomo del perro para hacerlo callar.

El pájaro dio unos saltitos más y luego levantó el vuelo tranquilamente.

—Es una señal de los espíritus —dijo Jess serenamente—. Nuestro ofrecimiento ha sido digno.

Anduvo lentamente, como si estuviera en una gran procesión, aunque sólo le acompañaba un cachorro, con la corona de la reina en la mano hasta el pinar. Se obligó a entrar en el centro oscuro del bosque y, de rodillas, colocó la corona sobre la espesa alfombra de agujas doradas.

—Padre, en Tus manos encomiendo su espíritu. —Sabía que a Leslie le hubieran gustado esas palabras. Sonaban a bosque sagrado.

La solemne procesión dio un rodeo por el bosque sagrado hasta llegar al castillo. Como un pájaro cruzando un tormentoso cielo, una diminuta paz voló a través del caos que había dentro de su cuerpo.

—¡Socorro! ¡Jess! ¡Ayúdame!

Un grito rompió el silencio.

Jess corrió hacia el lugar de donde venían los gritos de May Belle. Había cruzado la mitad del tronco que servía de puente y ahora estaba medio agarrada a las ramas de arriba, sin atreverse a ir ni hacia delante ni hacia atrás.

—Calma, May Belle. —Las palabras le salieron con más seguridad de la que realmente sentía—. Agárrate bien, voy a por ti.

No estaba muy seguro de si la rama podría aguantar el peso de los dos. Miró el agua. Estaba lo suficientemente baja como para cruzar andando pero había muchísima corriente. ¿Y si le arrastraba? Se decidió por la rama. Se acercó poco a poco hasta que pudo tocarla. Tendría que hacer que May Belle retrocediera hasta el lado por donde estaba su casa.

—Vale —dijo—. Ahora, muévete hacia atrás.

—¡No puedo!

—May Belle, estoy aquí, contigo, ¿crees que te voy a dejar caer? Toma. —Estiró la mano derecha—. Agárrate, ponte de lado y desliza los pies sobre la rama.

Ella soltó por un momento la mano izquierda y luego volvió a agarrar la rama.

—Tengo miedo, Jess. Mucho miedo.

—Claro que tienes miedo. Cualquiera lo tendría. Pero tienes que confiar en mí, ¿de acuerdo? No te voy a dejar caer, May Belle, te lo prometo.

Ella movió la cabeza, los ojos todavía desencajados por el miedo, pero soltó la rama y le tomó de la mano, enderezándose un poco y balanceándose. Él la agarró con fuerza.

—Muy bien, ahora. No está lejos, pero desliza el pie derecho un poco, luego junta el izquierdo.

—No recuerdo cuál es el derecho.

—El de delante —dijo Jess con paciencia—. El que está más cerca de casa.

Asintió con la cabeza y movió obedientemente el pie derecho un poco.

—Ahora suelta la rama y agárrate bien a mí.

Soltó la rama y le agarró con fuerza.

—Estupendo. Lo estás haciendo muy bien. Ahora muévete un poco más. —Se balanceó pero no gritó, sólo clavó sus uñas en la palma de la mano—. Muy bien. Estupendo. Lo haces muy bien.

Tenía la misma voz tranquila y decidida de los auxiliares de los médicos en el programa «*Urgencia*», pero su corazón golpeaba como un martillo contra el pecho.

—Muy bien. Muy bien. Ahora un poco más.

Cuando por fin su pie derecho llegó hasta aquel trozo de rama que reposaba en la orilla, se cayó hacia delante, arrastrando a Jess.

—¡Cuidado, May Belle! —Perdió el equilibrio pero no cayó en el arroyo, sino con el pecho contra las piernas de May Belle y con las suyas propias agitándose en el vacío—. ¡Vaya! —Aliviado, se echó a reír—. ¿Qué querías hacer, niña, matarme?

Dijo que no con un solemne movimiento de cabeza.

—Sé que juré sobre la Biblia no seguirte, pero me desperté esta mañana y te habías ido.

—Tenía muchas cosas que hacer.

Se estaba quitando el barro de las piernas desnudas.

—Quería encontrarte para que no estuvieras solo. —Bajó la cabeza—. Pero me he asustado.

Se volvió para sentarse a su lado. Miraron cómo el *P. T.* cruzaba la corriente, que le arrastró un poco, pero no parecía importarle. Salió bastante lejos del manzano silvestre y volvió corriendo adonde ellos estaban sentados.

—Todo el mundo se asusta de vez en cuando, May Belle. No es como para avergonzarse. —Vio cruzar como un relámpago la mirada de Leslie cuando entró en el servicio de las chicas para ver a Janice Avery—. Todo el mundo se asusta.

—El *P. T.* no está asustado y hasta vio a Leslie...

—Los perros son diferentes. Es que cuanto más sabes más cosas te pueden asustar.

Le miró incrédula.

—Pero tú no tenías miedo.

—Cómo que no, May Belle, temblaba como una hoja.

—No lo creo, lo dices por decir.

Se rió. Se alegraba de que no le creyera. Se incorporó de un salto y con la mano la puso de pie.

—Vamos a correr.

Dejó que le ganara en la carrera hasta casa.

Cuando entró en el aula del semisótano vio que la señora Myers ya había sacado el pupitre de Leslie de su sitio. Por supuesto, el lunes Jess ya lo sabía pero en la parada del autobús todavía medio esperó verla aparecer corriendo a través del campo, con su precioso y hasta rítmico modo de correr. Tal vez estuviera en la escuela —Bill la podía haber llevado como hacía cuando llegaba tarde al autobús—, pero cuando Jess entró en el aula su pupitre había desaparecido. ¿Por qué todos tenían tanta prisa en deshacerse de ella? Reposó la cabeza contra el pupitre; tenía el cuerpo pesado y frío.

Escuchaba susurros pero no distinguía las palabras. No es que quisiera escucharlas. De repente sintió vergüenza por haber pensado que quizá los otros niños lo tratasen con respeto. Era intentar aprovecharse de la muerte de Leslie. *Quería ser el mejor —el más rápido de quinto— y ahora lo soy.* Dios, eso le daba náuseas. No le importaba nada lo que los otros dijeran, con tal de que no tuviera que hablarles o mirarles a la cara. Todos habían odiado a Leslie. Salvo quizá Janice. Incluso después de dejar de fastidiarla todo lo que pudieron siguieron odiándola, como si alguno valiera lo que valía la uña del dedo meñique de Leslie. E incluso él había acariciado la traidora idea de ser ahora el más rápido.

La señora Myers ladró la orden de cuadrarse para saludar a la bandera.

No se movió. Si era que no podía o no quería era cosa que le importaba un comino. Y después de todo, ¿qué podía hacer?

—Jess Aarons. ¿Quieres salir al pasillo, por favor?

Levantó su cuerpo de plomo y salió dando traspiés. Creyó oír cómo Gary Fulcher se reía pero no estaba seguro. Se apoyó en la pared y esperó a que Myers Boca de Monstruo terminara de cantar «O Say Can You See»* y saliera. La oyó dando a la clase un trabajo de aritmética antes de salir y cerrar la puerta sin hacer ruido.

Vale, venga. Me da igual.

Se le acercó tanto que pudo oler su barato perfume.

—Jess.

Nunca le había oído una voz tan dulce, pero no le contestó. Que grite. Estaba acostumbrado.

* Himno de los Estados Unidos.

—Jess —repitió—. Simplemente quiero darte mi sincero pésame.

Las palabras sonaban cursis pero el tono era nuevo para él.

No pudo sino mirarla a la cara. Detrás de los cristales de las gafas sus ojos entrecerrados estaban llenos de lágrimas. Durante un momento creyó que él también iba a llorar. Él y la señora Myers ahí en el pasillo del sótano, llorando por Leslie Burke. Era tan increíble que casi daban más ganas de reír que de llorar.

—Cuando se murió mi marido —le fue difícil a Jess imaginar que la señora Myers podía haber tenido marido alguna vez—, la gente se empeñó en decirme que no llorara, intentaban hacerme olvidar. —La señora Myers amando, llorando. ¿Cómo podía imaginárselo?—. Pero no quise olvidar. —Sacó un pañuelo de la manga y se sonó la nariz—. Discúlpame —dijo—. Esta mañana, cuando entré, alguien había sacado el pupitre —se detuvo y volvió a sonarse la nariz—. Es que, es que yo, nunca había tenido una alumna así. Siempre le estaré agradecida...

Quería consolarla. Quiso borrar todas las cosas que había dicho de ella, hasta las que había dicho Leslie. Que nunca se entere.

—Así que me doy cuenta. Si es duro para mí, será mucho más duro para ti. Así que vamos a intentar ayudarnos mutuamente, ¿de acuerdo?

—Sí, señora.

No sabía qué más decir. Tal vez un día, cuando fuera mayor, le escribiría una carta para contarle que Leslie Burke pensaba de ella que era una gran profesora o algo por el estilo. A Leslie no le importaría. A veces es como con lo de la muñeca Barbie, tienes que dar a las personas algo que es para ellas, no sólo algo que te hace sentirte bien porque lo regalas. Porque la señora Myers ya le había ayudado al comprender que él nunca podría olvidar a Leslie.

Estuvo pensando en ello todo el día, cómo antes de que llegara Leslie no era nadie —un chiquillo estúpido y extraño que pintaba cosas graciosas y corría por un prado intentando ser alguien—, procurando ocultar el montón de tontos temores que tenía dentro.

Era Leslie quien le había sacado de aquel prado para llevarle a

Terabithia y hacer de él un rey. Pensó que había llegado al no va más. ¿Ser rey no era lo mejor que había? Ahora se le ocurrió que Terabithia era como un castillo donde te armaban caballero. Te quedabas un tiempo y cuando te sentías más fuerte seguías tu camino. ¿No había Leslie, hasta en Terabithia, intentado ensanchar los muros de su mente para hacerle ver un mundo resplandeciente: enorme y terrible, hermoso y frágil? (Tratarlo todo con cuidado, incluso a los animales de rapiña.)

En cuanto a los terrores que vendrían —no se engañó pensando que todos quedaban atrás—, no tenías más remedio que hacer frente a tu miedo y no dejar que te acoquinara. ¿Verdad, Leslie? Verdad.

Bill y Judy volvieron de Pennsylvania el miércoles con un camión de mudanzas. Nadie se quedaba mucho tiempo en la vieja casa de los Perkins.

—Vinimos al campo por el bien de ella. Ahora ya no está...

Le regalaron a Jess todos los libros de Leslie y también su juego de pinturas con tres blocs de auténtico papel para acuarelas.

—Hubiera querido que tú los tuvieras —dijo Bill.

Jess y su padre les ayudaron a cargar el camión y a mediodía su madre bajó con café y bocadillos, un poco asustada por si los Burke no quisieran comer su comida, pero sintiendo la necesidad, eso lo sabía Jess, de hacer algo. Por fin el camión estuvo cargado y los Aarons y los Burke permanecieron de pie, incómodos, sin saber cómo decirse adiós.

—Bueno —dijo Bill—. Si hemos dejado algo que os apetece, cogedlo, no faltaría más.

—¿Puedo coger las tablas que hay en el porche de atrás?

—Por supuesto, cualquier cosa que haya. —Bill vaciló, luego continuó—. Iba a darte al *P. T.* Pero —Miró a Jess y sus ojos parecían los de un niño implorando—, pero me parece que no soy capaz de desprenderme de él.

—No te preocupes. Leslie hubiera querido que te quedaras con él.

Al día siguiente, después de las clases, Jess fue a recoger la madera que necesitaba, llevando un par de tablas cada vez a la orilla del arroyo. Colocó las dos más largas sobre el arroyo, un poco más arriba del manzano, donde era más estrecho, y cuando estuvo seguro de su solidez y estabilidad, comenzó a clavar las piezas transversales.

—Jess, ¿qué haces? —May Belle le había seguido, como él sospechaba.

—Es un secreto, May Belle.

—Cuéntamelo.

—Cuando termine, ¿vale?

—Juro sobre la Biblia que no se lo diré a nadie. Ni siquiera a Billy Jean ni a Joyce Ann, ni a mamá.

Movió la cabeza de un lado a otro para darle mayor solemnidad.

—Oh, no estoy seguro en cuanto a Joyce Ann. Tal vez se lo contarás a Joyce Ann alguna vez.

—¿Contar a Joyce Ann algo que es un secreto entre tú y yo? —La idea parecía horrorizarla.

—Bueno, en eso estaba pensando.

La cara de ella pareció ablandarse.

—Joyce Ann es sólo un bebé.

—Pues no es probable que sea reina al principio. Tendría que enseñarle y todo eso.

—¿Reina? ¿Quién va a ser reina?

—Te lo explicaré cuando termine, ¿de acuerdo?

Al terminar le puso unas flores en el pelo y la llevó por el puente —el puente mágico a Terabithia—, que a alguien le podría parecer poco mágico con sus cuatro tablas sobre un barranco.

—Sssssss —hizo él—. Mira.

—¿Dónde?

—¿No lo ves? —susurró—. Todos los de Terabithia se han puesto de puntillas para verte.

—¿A mí?

—Sssssss, sí. Hay rumores de que hoy llega una hermosa niña que tal vez sea la reina que han estado esperando.

ÍNDICE

WITHDRAWN